凤见

毛 宁 史玉琨 编著

江西科学技术出版社

对这个时代最好的敬意，
就是去记录它

许多人过了三十岁这个年龄，他们只是自己的影子，此后的余生则是在模仿自己中度过，日复一日，更机械、更装腔作势地重复他们在有生之年的所作所为，所思所想，所爱所恨。

——《约翰·克利斯朵夫》

今年是我成为摄影记者的第十个年头，在我职业生涯的前半段，我的工作犹如这段话的写照。作为一名摄影记者，每天拍摄的社会新闻无非是快餐式的稿件与配图。在三十岁的那年，我开始做一件有意义的事情，加入了《凤见》团队，开创了江西第一个做图片故事的专栏。

2015年的元宵节晚上，《凤见》栏目完成了它第一次原创亮相，从那之后，在每周末，它都会准时推送到千千万万网友的手机上。

在周末睡前看《凤见》的故事，已成了许多网友的期盼和习惯，因为它有别于你日常看到的那些。

有多少"秀"正等待着被观看，有多少"隐私"正渴望着被曝光——无论是"刷脸"还是"刷屏"，目不暇接的各种"见"之中，夺人眼球的各路消息迅速蔓延又迅速被覆盖。有人说，所谓"真相"，不过是用以制造"话题"的噱头，"观点"不过是被标签绑架的道具。

但《凤见》每一期图片故事，关注的往往并不是事件本身，而是故事中的人物。他们在这个时代的努力，他们的尊严，他们的生活，他们的遭遇，他们的内心，这些才是《凤见》带你看见的。

《抗癌厨房》里的希望、《老宅守护者》的坚守，以及《大山里的摔跤少年》的梦想……人性中可贵的情感、仁爱和坚忍浸染了观者的视线。在这些充满能量的故事里，人们能读到世间最本真的美好、最永恒的爱意、最坚实的意志。

在这三年半的时间里，《凤见》一起见证了无数普通人为了梦想，在这块土地上洒下的热血和汗水。从共享经济到互联网热潮、从扶贫攻坚到关爱留守儿童，都是这个时代的缩影。

我不愿《凤见》成为"苦"的贩卖者，如果故事偏重于"情"，那正是现今生活的倒影。影像的责任在于真实，不煽情，不冷漠，在故事中发现人性之美。在如今这个不断前行的社会，包容和理解正在深入每个灵魂，这便是《凤见》坚持的意义。每一个渺小的个体都是值得去尊敬和守护的。

对这个时代最好的敬意，就是去记录它。

史玉琨
2018年8月

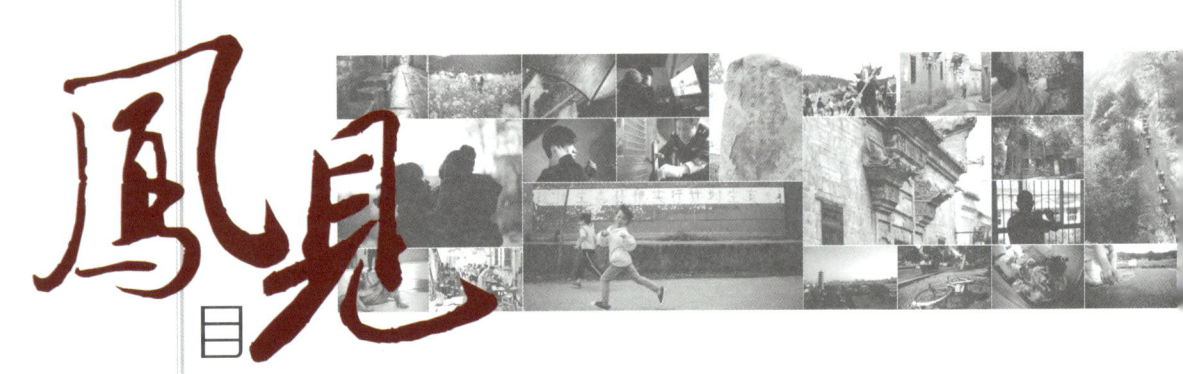

凤见

目录

1
抗癌厨房

33
爱情"遗物"

67
别让我的
大学只是梦

9
赣江,
那条悲伤的河

37
不想
和你说再见

73
大山里的
摔跤少年

15
双性人的心愿

43
"烂尾城"里
的人间冷暖

77
大山里的法庭

19
失独者说

49
我在等着你

81
"福尔摩斯"
日记

25
为狗而活

55
无处安放的
校园

89
老宅守护者

29
愿你往生为人

59
一生知青

95
高墙内的青春

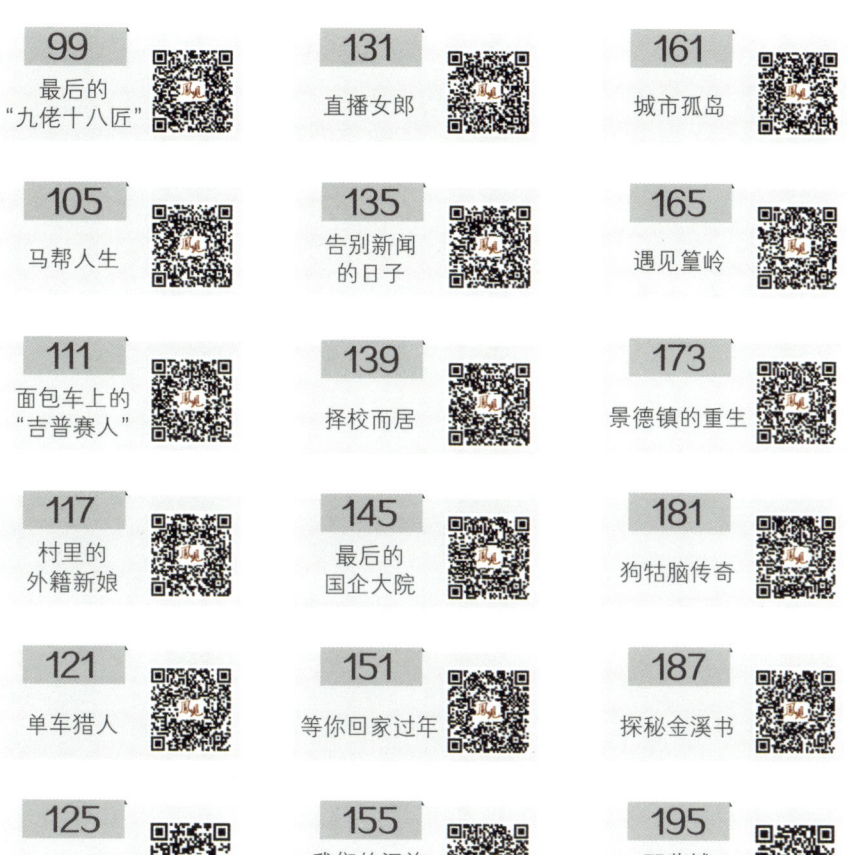

99
最后的
"九佬十八匠"

105
马帮人生

111
面包车上的
"吉普赛人"

117
村里的
外籍新娘

121
单车猎人

125
游戏人生

131
直播女郎

135
告别新闻
的日子

139
择校而居

145
最后的
国企大院

151
等你回家过年

155
我们的汉族
警察兄弟

161
城市孤岛

165
遇见篁岭

173
景德镇的重生

181
狗牯脑传奇

187
探秘金溪书

195
那些城
那些事

Contents

已有的事，后必再有；已行的事，后必再行。
日光之下，并无新事。

抗癌厨房

这里没有山珍海味，这里的人互不相识，但这里的人都有着相似的经历。他们为了节省伙食费，每天在这个简陋的厨房里烹制一份家里的味道。有人来，有人走……

节约下来的每一分钱都要用于延续生命。

与江西省肿瘤医院一墙之隔，有条不起眼的小街名叫学院路。由于癌症患者
需要定期化疗，来自全国各地的许多癌症患者家属都在这条街上的城中村里
吃住。

每天凌晨四点，万佐成和老伴熊庚香都要准时起床炸油条。上午七点之后，这个学院路上的小油条摊就变身成了众多癌症患者及家属的厨房。（左上）

为了方便，所有来做饭的患者或家属都提着一个水桶，里面装好了他们在菜场买的食材、调味料。（左下）

有的是妻子给丈夫做饭，有的是子女给父母做饭，还有的人无依无靠，自己做完饭还要去化疗。来这里的每个家庭几乎都已经花了十万以上的治疗费。（右上）

"在我们这里，很少会有人因为排队炒菜和用水起争执。来这里做饭的人，手头都不宽裕，大家也都知道生活不易。"熊阿姨对《凤见》摄影师说。（右中）

"十多年来，经过口口相传，来这里做饭的人越来越多，我们只好收集一些附近出租房里房客留下来的锅碗瓢盆，尽量满足大家的需要。"在这里，光炊具就有十几套，但它们都很破旧。（右下）

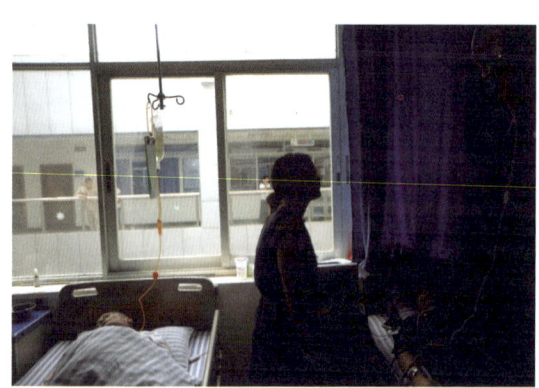

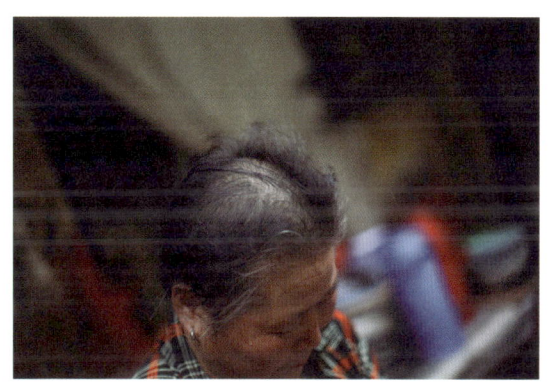

赞香花，来自江西乐平。她的丈夫是卡车司机，2017年初被查出患了鼻咽癌。"他的淋巴肿得很大，乐平的医生让我们来南昌检查，才查出来得了这个病。"（左上）

"之前我们在杭州治疗半年，花了27万，复查又花了一万多。这次来南昌，还没有开始化疗就已经花了七千多，之后还不知道要花多少。"经同一个病房的病友介绍，赞香花找到了这个厨房。每天上午十点，赞香花都会提着她的小桶来给丈夫做饭。（左中）

说起患病的丈夫，赞香花十分心疼。虽然不得不面对眼前残酷的事实，但是她还能保持乐观的心态。"我们在老家还有两个孩子，女儿十七岁，儿子十四岁，由奶奶照顾。希望丈夫能够康复，早日一家团聚。"（左下）

"我和他们都不一样，别人都是为家属做饭，我是给自己做饭。做完这顿饭，还要赶紧去化疗。"谭阿姨，来自江西丰城。这位三个孩子的母亲，快六十岁了。老伴患脑溢血已经去世，孩子们在外地工作，她不得不一个人到医院看病，自己做饭。（右上）

谭阿姨的孩子们要去赚钱养家，所以只能在她入院和出院的时候来看她，再有就是缴费的时候。"没办法啊！人总是要吃饭的，反正我能照顾好自己，多做多吃，这样才能活下去。"谭阿姨说。（右下）

转眼夜色降临，一场大雨浇灭了夏日的酷暑。随着做饭的人渐渐离开，万师傅和熊阿姨也准备收摊关门，结束一天的忙碌。而一街之隔的肿瘤医院住院大楼里，众多病人和家属却仍在与癌症做着斗争。在2018年，万佐成、熊庚香荣登中国文明网《好人365》专栏头条人物。他们的抗癌厨房，还在继续为患者服务。（左上、左下）

赣江，
那条悲伤的河

溺亡的悲剧每年都在重演，这让穿城而过的赣江化身为一条悲伤的河流。这一次，我们将跟随一位普通的南昌水警，去了解那些在赣江中挽救生命的故事。

穿城而过的赣江，被南昌人称为母亲河，南昌城区一江两岸的构建也由此而来。但同时，在赣江边形成的浅滩也成了溺亡事故多发的区域。有的是因为野泳意外溺水，有的则是选择投江轻生，两者比例大约各占一半。入夏后，溺亡事故进入高发期。

在老刘办公室的桌子上，有一本浮尸打捞处理记录，算算一年下来要捞尸80具左右。（左上）

"我刚当上水警的时候，值班10天，就捞了14具尸体。"刘汝剑，南昌公安水上分局巡逻大队的一位普通民警。在5年的水警生涯中，完成了无数次在赣江中救人、捞尸的任务。（左中）

有一次救援，当事人不配合，老刘就让水警船只从另外一个方向靠近，船上的水警趁机跳入水中，将当事人拖上岸。（左下）

和男友网恋多年的湖南妹子魏红(化名)，在南昌见了男友后被提出分手，一下没想开，跳入赣江轻生。值得庆幸的是被当时巡逻的水警救了下来。（右上）

"那天早上雾特别大，几个冬泳爱好者像往常一样下水。后来我们接到了报警，说有个冬泳的人被大船撞了。我们抵达现场的时候，已经无法找到溺水者的尸体了。"（右下）

"每天傍晚都容易发生意外事件，不少人会选择在这个时段来赣江游泳，我们的神经都绷得很紧。"（左上）

夜深了，结束了巡逻的老刘站在码头上，看着他和同事们守护的这片平静而美丽的江面。在他们每个人心中都有这样一个期盼：愿赣江永远不再悲伤。（左下）

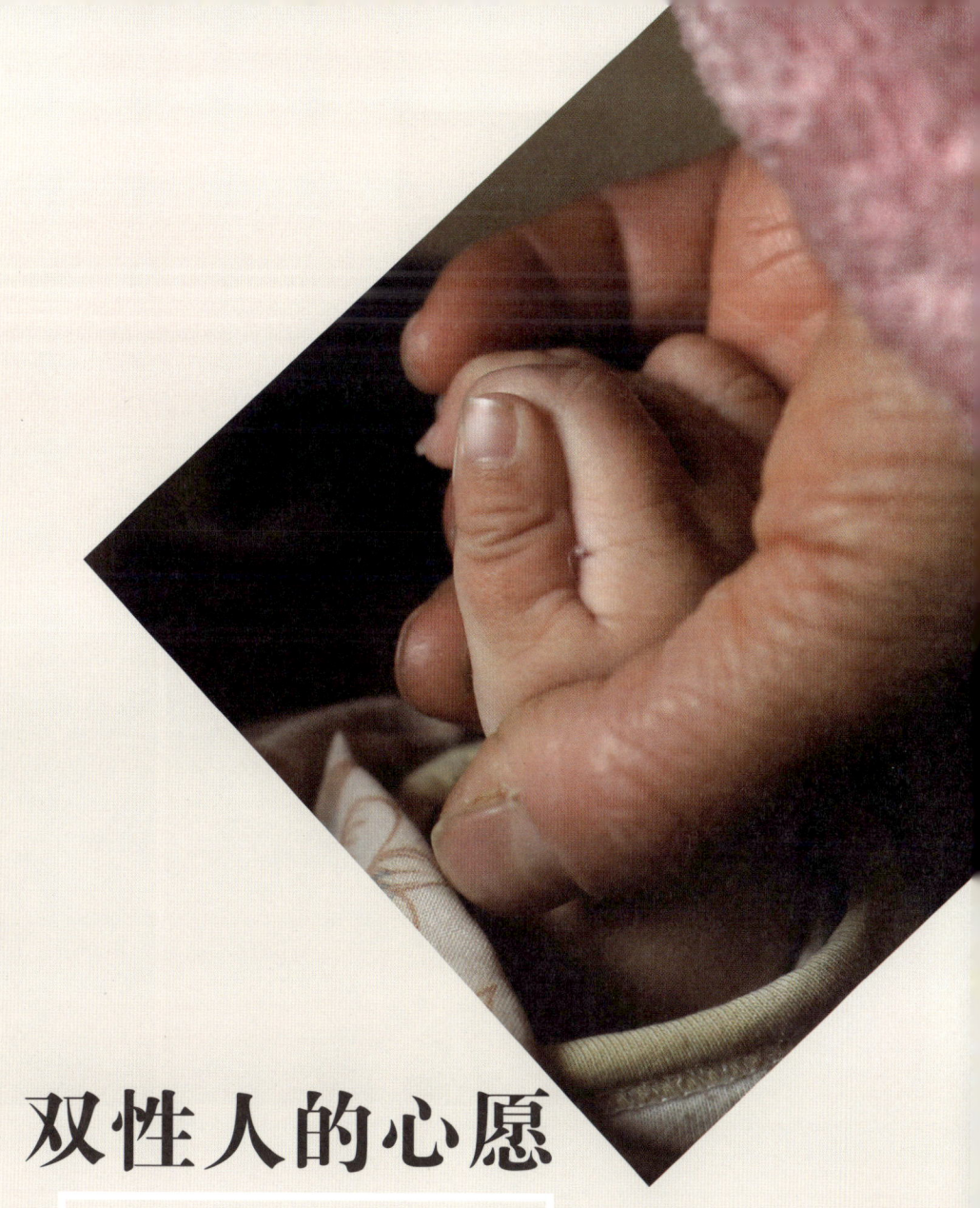

双性人的心愿

她幻想能成为一个寻常女人，找个好老公，生个健康可爱的孩子。但就是这样一个普普通通的愿望，因为经济、家庭，甚至是自身的原因而很难实现。直到一个孩子的出现，让她困苦的生活多出了一丝甜蜜。

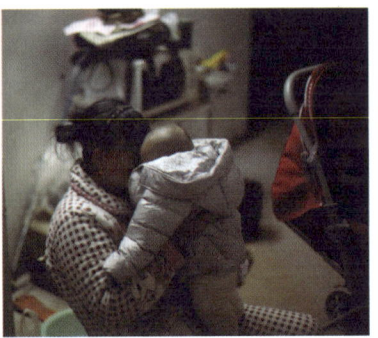

阿春（化名）生于1974年，一出生，就既有女性的生殖器官，又像男孩一样是个"带把儿"的。阿春的身体至今保留着"双重性特征"，但在骨子里，阿春始终认为自己是一个女人，也渴望成为一个真正的女人。（左上）

"算命的说我会有个儿子。"2017年8月，阿春的父亲有个熟人说，自己有个儿子养不起，想过继给阿春。（左中）

"我好喜欢他啊，他好爱笑。肚子饿了的时候就'咩啊咩'的叫，好像是在叫'妈妈'一样。有了他就有人叫我妈妈了，我就有了家，好开心。"（左下一、左下二）

回到家里，阿春常常要边带孩子边干活，现在她没出去打工，没收入根本没法养活孩子。（右中）

"我去了有关部门问，他们说没有领养证就办不了户口。但我觉得，是我们没有熟人，所以这个事情就办不了。"阿春觉得是因为没有熟人和没找关系，民政局才不给她办领养证。（右下）

后来阿春才知道，由于孩子的亲生父亲年纪太大，也不愿意和妻子办理结婚证，所以导致无法办理医养手续——孩子户口的事仿佛进入了一个死循环。而在阿春心里，领养证和户口，是她变成一位母亲的道路上无法跨过的障碍。

失独者说

清明将至，人们都在以各自的方式缅怀亲人、悼念逝者。他们，带走了爱，带走了牵挂，却给生者留下难以抹平的伤痛。活着，不仅是为了自己，为了亲人，也为了逝者那一份沉甸甸的嘱托。

55岁的徐和妹坐在家里沙发上，边上是儿子生前每天坐着看电视的位置。四年前，她的独生子因脑瘤去世。随后，儿媳妇选择离开，让这个本就破碎的家庭更显冷清。（左上一）

早年，徐和妹与丈夫离婚，独自一人抚养儿子。好不容易等儿子成家立业，生了两个孙女，以为可以享享福了，却不料他突然得了重病，熬了两年最终痛苦离世。徐和妹清楚地记得，在儿子生命的最后一刻，拉着她的手说："妈妈，我没有能力照顾这两个女儿了，我走了之后，你帮我把她们带大好不好？"（左上二）

经受了丧子之痛的徐和妹，几乎一夜之间就两鬓斑白。她不得不挑起照料两个孙女的重担。四年过去，大孙女在读初三，小孙女也上了小学。（左下）

为了改善生活，徐和妹在英雄大桥边开垦了一块菜地，平日里种种蔬菜。但让人绝望的是，她和儿子一样，脑袋里也有肿瘤。她不敢去医院，怕治疗费用太贵负担不起，也怕手术失败，撇下两个孙女。儿子生前的托付，成为徐和妹活下去的唯一理由。（右下）

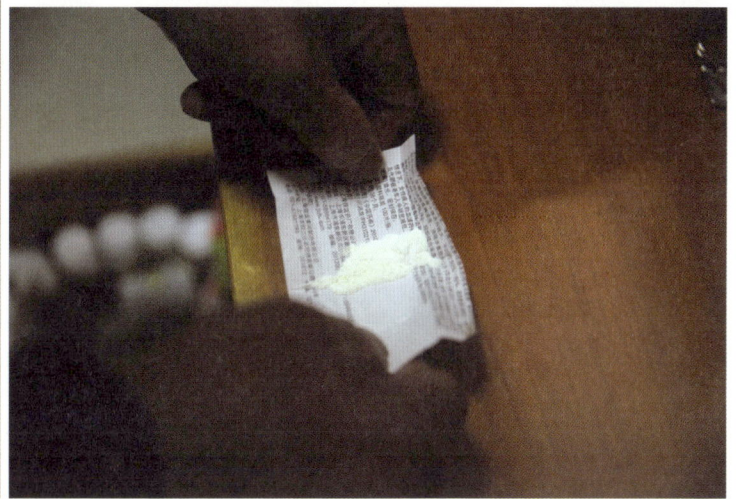

"小雨（化名）从小被我带大，她想到以后要一个人要照顾妈妈，就觉得压力好大。"黄香妹的外孙女小雨最终还是选择了一个极端的方式，以"逃离"患有精神病的母亲。（左）

18岁时被发现患有精神疾病的姜红云，在生下女儿小雨后，病症变得越来越严重。更加不幸的是，四前年的一个清晨，小雨从33楼一跃而下，结束了自己年仅15岁的生命。（右上一）

在姜红云的脑海中，小雨现在是19岁。她幻想女儿还活着，现在只是去英国读书了。（右上二）

随着姜红云的病情加重，家里负担不起去精神病医院治疗的费用，只能每天靠药物来缓解病症。但姜红云对于吃药十分抵触。没办法，黄香妹只好把药磨成粉，撒在饭里让女儿吃下去。（右下）

　　每每想念外孙女的时候，小雨的外公都会去到老屋遗址看一看。老人家说："小雨不在了，以前的东西就没带走，不然看一次伤心一次。"关于小雨的一切，也都被埋在了这片废墟下。在死亡面前，每一个个体都显得微不足道。逝者已远去，而生者的生活还将继续。

为狗而活

她说她找不到能爱的人，所以宁愿和狗狗共度一生。从婚变到嗑药，患上"爱心泛滥症"的她，把自己的生活和几十条流浪狗紧紧地绑在一起，走上了一条让人唏嘘的人生道路。

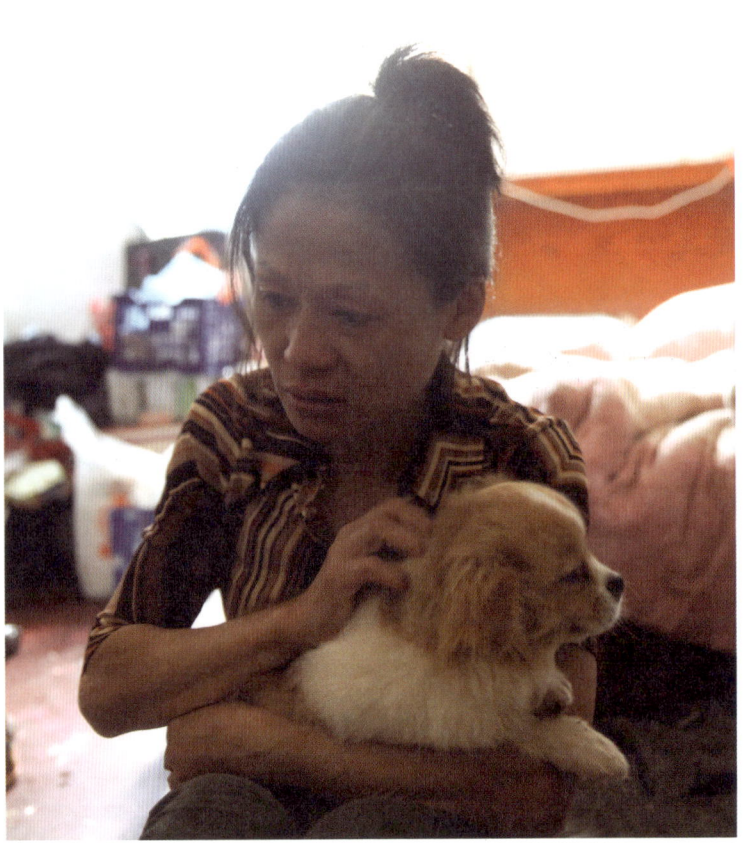

十几年前，胡晓云（化名）和丈夫在深圳做生意，也会跟朋友去夜店玩，还染上了吃摇头丸的恶习。后来离婚了，她只能一个人带着儿子生活。为了找寻寄托，便开始收养街头的流浪狗。（左上）

为了养活自己和狗狗，胡晓云在离家不远的一个地道口里摆摊，卖一些捡来的旧衣服。每天十几块的收入刚好够维持人和狗的口粮。（左下）

现在，胡晓云养了二十多只流浪狗。每次胡晓云回家，一打开家门，这些狗狗就往她怀里冲。（右上）

"狗狗越来越多，我也没法去工作，经济来源也断了。"胡晓云回到南昌之后，居住在哥哥的一套两居室里。因为长期人狗混居，这里的卫生环境极差。（右下）

那些曾经的浮华，就像胡晓云的旧鞋子一样，不论之前有多名贵，如今只能被丢在狗笼子上，破烂不堪。（左上）

"我的人生也许就是这样了尽管家人和朋友都不理解我，但这些狗狗就像我的孩子一样，已成了我生命中唯一的寄托。"（左下）

愿你往生为人

　　自古以来，狗狗就是人类的忠诚伙伴。在很多人眼里，它们已然成为家庭的一分子。为了让小狗等宠物能够体面地离去，宠物殡葬行业日渐兴起。在每一个离别的背后，都是一位主人与宠物彼此相伴的故事。

从2017年开始，孙君开始从事宠物殡葬这个行当。他的初衷是想让人们有个地方可以祭奠自己的宠物。（左上）

"不少狗狗是在家中死亡的，所以我们会上门去送它们最后一程。面对这种离别的场面，只能劝一劝主人，让他们尽量看开些。"孙君说。（左下）

"我们一般不建议狗主人自己把狗狗送到我们这里来。考虑到卫生问题，我们会用专门消毒了的一次性装备把狗狗的遗体带走。"（右上）

"刚开始，有些没养过狗的员工不能理解：为什么狗主人会哭得死去活来？随着工作的深入，他们也渐渐地理解了那种感受。"孙君把接狗狗的灵车，尽量做到和殡仪馆的一样。（右中）

"我们会烧点儿纸钱，生前主人给它们准备的衣服和物品也会一并烧了。"孙君说。（右下）

人的一辈子，不知道会遇到多少人，但永远忠诚陪伴你的往往只有一条狗或是一只猫。虽然它们不是人类，却能填满你的内心。也许这就是缘分吧！每个主人都希望他们的宠物来世为人，或许还能再相伴。

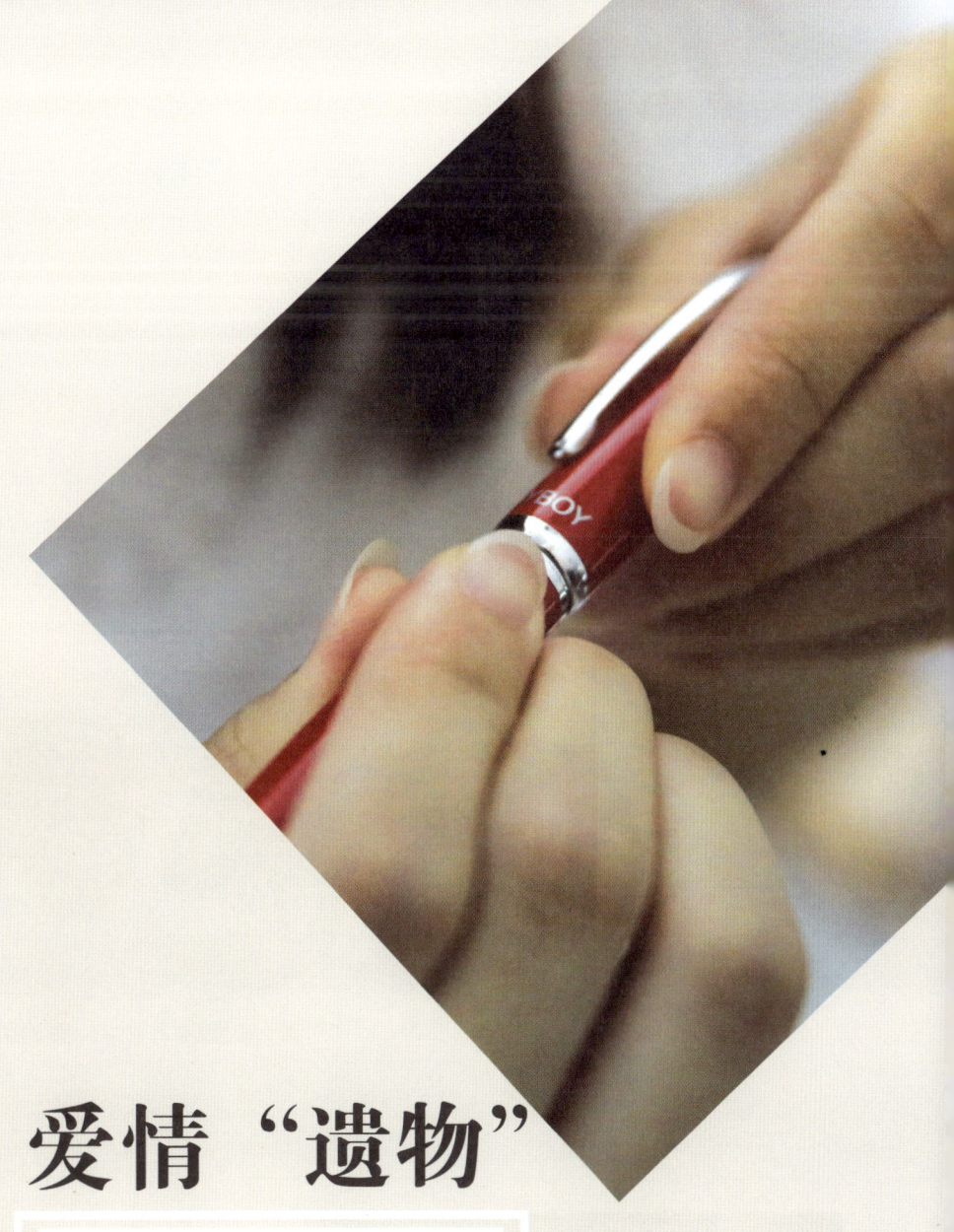

爱情"遗物"

不是每一段恋情都能永远，但总会留下些"遗物"。而恋爱最珍贵的纪念物，是你留在我身上的，如同河川留给地形的，那些你我带来的改变。

林芳美峰说，虽然搬了五次家，但是男孩送的那支承载着甜蜜回忆的红色钢笔一直被她带在身边。（左上）

胡康林说，自己再也不是当年那个不懂事的孩子了。他开始懂得去珍惜身边的人，懂得如何去好好地经营一份爱情。（左中）

小熊说，那时的她并不知道应该怎么与男朋友相处，最终两人还是分了手。往事如风，如今只剩下一副墨镜。（左下）

小瓜说，之所以还留着这个娃娃熊，并不是因为对前男友还有留恋，只是觉得它还蛮可爱的。（右上）

辜志新在高中时候遇到了自己的初恋，两个人习惯相互交换日记，日记里记录了以往的种种美好。（右下）

"世界太复杂，你说单纯很难，我当然都明白，可是只有你曾陪我在最初的地方。"
——《我们没有在一起》

不想和你说再见

在我们的生命中，要面临许多次的亲人离别。在他们离开后，当你无意中拿起那些承载着美好记忆的物件时，你是否会想起那些和他们在一起的时光。

瑞蓉阿姨在上海出生，在南昌成长，她手上的这双拇指布鞋，是母亲留给她的最好的回忆。（左上）

李阿姨的父亲，生前收集了许多毛主席像章。每每看到父亲曾经佩戴过的像章，李阿姨就有一种见物如见人的感觉。（左下）

欢欢说，小时候外婆总要等到过节或是家里有喜事的时候才会把发簪拿出来戴上。现在外婆不在了，这个发簪更像是一种传承。（右上）

每当读起日记，陈伯伯都不禁泪流满面，因为这些文字，是与老伴在一起的点滴回忆。（右中）

有时候黄琳也会戴起这块古老的机械表。它，让她想起了小时候在爷爷身边的日子。（右下）

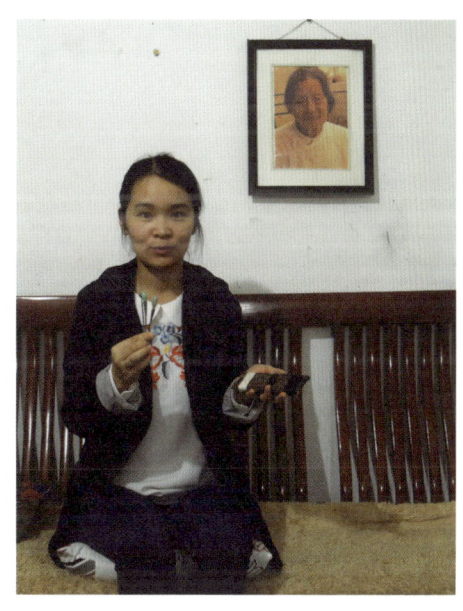

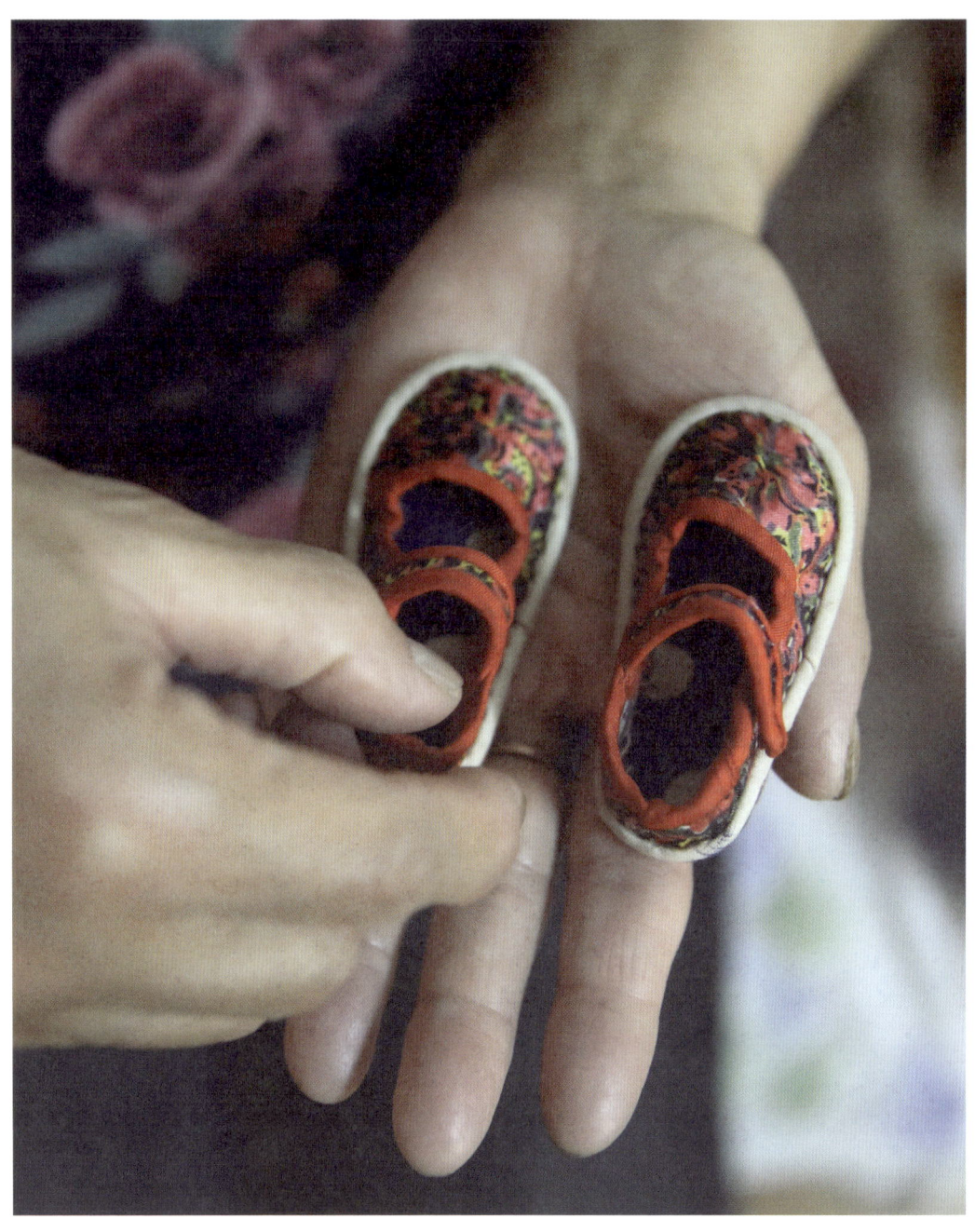

之所以被称为拇指布鞋，是因为它小到只能放进大拇指。

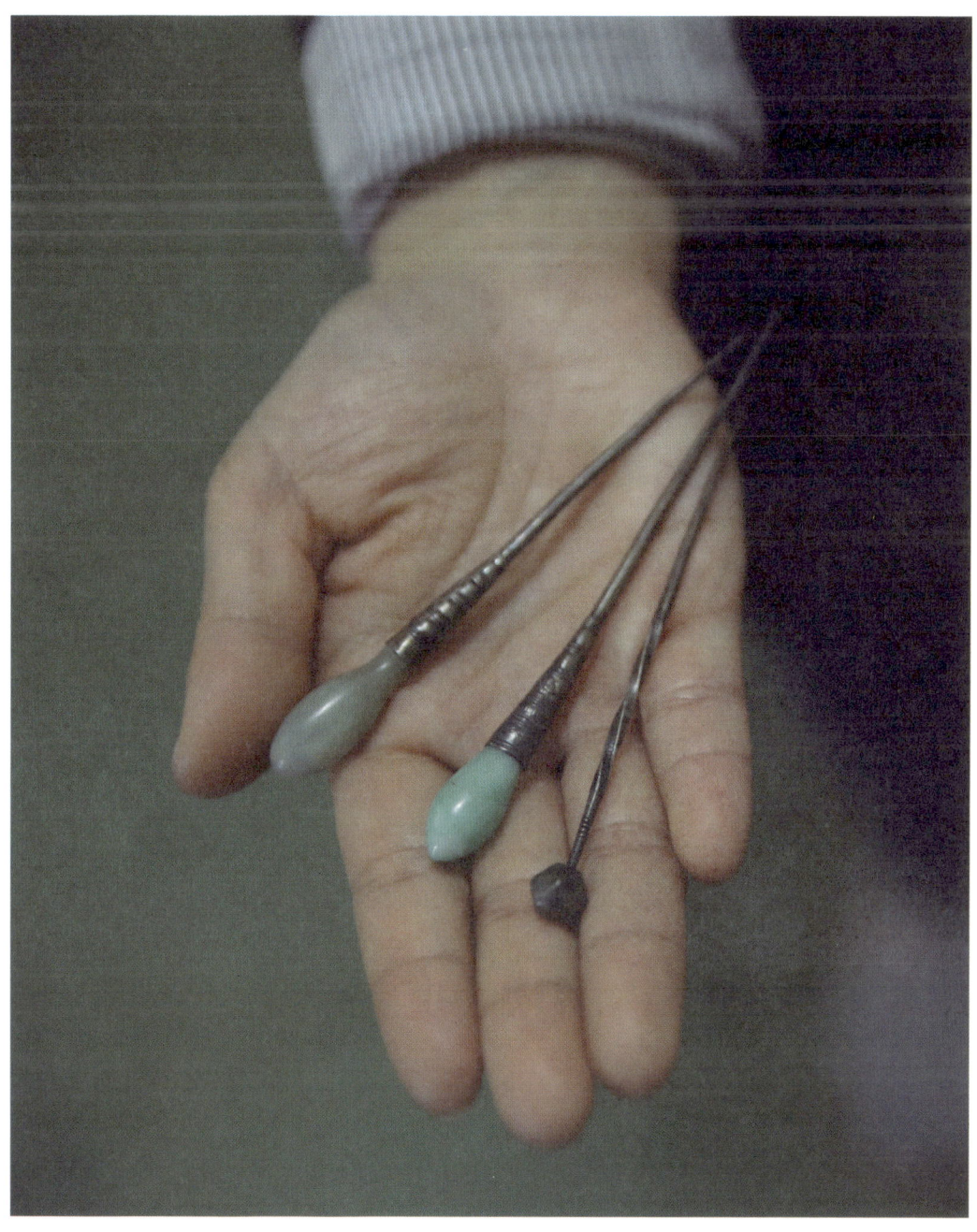

三支镶有玉石的发簪在今天看来依然是精美的物件。

这块"上海牌"手表在三十多年前就要卖到100多块，为了买它，很多人花了几个月的工资。有时候物件会承载记忆，把它们珍藏着，情感就会得以延续。

"烂尾城"里的人间冷暖

本应该开门营业的乡企城因为资金链断裂，成了一处"烂尾城"。因其房租低廉甚至免费，2000多家店面住满了来自周边的低收入者，这里变成了一个与外界有着云泥之别的"城中城"。

这，就是如今的乡企城。也许你无数次与它擦肩而过，但却完全不知道它的存在。五十四栋建筑组成了一个迷宫一样的街区。（左上）

电线交织在一起，如同蜘蛛网一般密密麻麻。家里有电视的住户，都要用竹竿支起天线来收看节目。（左下）

这里的建筑结构是经营性的店铺，并不适合居住。居民们用从工地上捡回的木板搭建成的厨房和卫生间，时间一长就变得破败不堪。（右上）

"23年前，乡下家里失火房子被烧了个精光，我们就来城里打工了，搬到这里时大概是2007年。"李根知（左）和邹洪辉（右）老两口曾经都是环卫工人，每人每月有1300元的收入。（右中）

每到傍晚放学后，在街边玩耍和写作业的孩子随处可见，他们的童年就是在这个烂尾城中度过的。（右下）

在这里，由于贫穷，许多居民还在使用柴火炉灶来烧水做饭。（左上）

74岁的邹无香，三年前摔断了腿，为了方便看病，和儿子、女儿两家人租住在乡企城里的两间店铺里。（左中）

腿伤还没有痊愈的邹无香现在和儿子住在一起，床边那根捡来的木棍是她的拐杖。（左下）

为了不让寒风从卷闸门的透气孔吹进来，邹无香只能用废纸把这些洞一个个堵上。（右上）

邹无香拿着一块石刻佛像对我们说："这是我女儿工作的时候捡回来的，也不知道灵不灵，希望它保佑我们一家人平平安安就好。"（右中）

对于居住在这里的人们来说，灯火阑珊的高楼大厦虽然就在不远处，但却像水中倒影一样，可望而不可及。

我在等着你

1960年前后的三年困难时期，许许多多的逃荒者在街头流浪，以至于许多孩子都和父母失散。半个多世纪过去了，父母们带着残缺的团圆梦，或老迈，或逝去，当年的孩子现都已年近六旬，如今他们唯一的愿望就是找到自己的亲人。

文淑华，是在她7个月大时被养父母从南昌孤儿院带回家的。和小伙伴们打闹时，大家就会冲着文淑华喊：
"捡来的，她是她爹妈捡来的。"每次听到这些话，文淑华都会特别生气，并和小伙伴们理论。

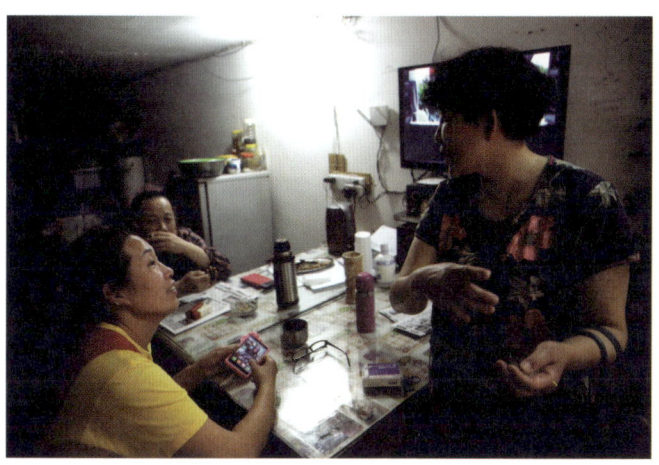

这栋苏式老建筑就是南昌孤儿院的旧址。20世纪50年
代，每天晚上，在这儿都能听到孩子们哭闹的声音。如
今，这里早已没有了往日的喧闹，但从这栋房屋里走出
去的孩子们的故事，却一直还在延续。（右上）

其实早在文淑华一岁多的时候，养父就带过一个男人过
来看她，那个男人可能就是她的亲生父亲。最后走的时
候，养父给了那个男人一块金砖打发他离开。后来，直
到养父去世，文淑华都没有向养父求证过此事，而母亲
却一直否认。（右下）

1960年的夏天，老实巴交的安徽农民秦大爷带着妻子、两个儿子和一个女儿，从安徽无为县出发，先从芜湖乘船到九江，再从九江坐火车到南昌。最后，在南昌市区的八一桥下搭了个棚窝。几天后，秦大爷的长子却再没回家。几十年来，陆陆续续有不少人来秦家认亲，但经过辨认都不是秦大爷的儿子。

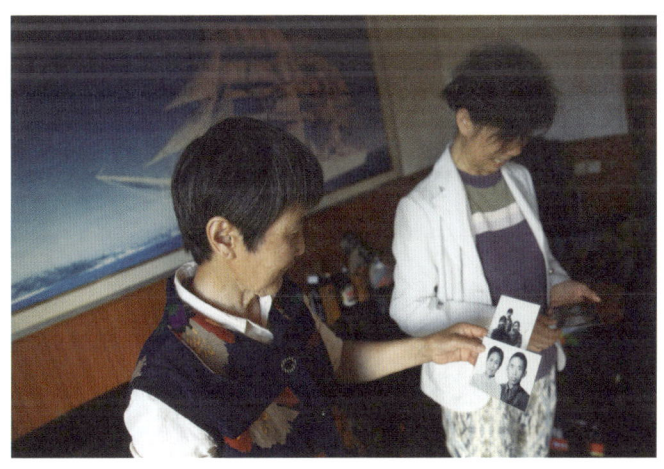

为了抚平失去孩子的痛苦，秦大爷后来又生了两个孩子。只是，老四老五都只能通过照片了解这位未曾谋面的哥哥。（右上）

每次想到老伴直到离世，也没能再看上大儿子一眼，秦大爷心中就有着一份永远的遗憾。（右下）

时光荏苒，纵然芳华不再，寻亲之心依旧。

无处安放的校园

为了生活，他们走进陌生的城市打拼，他们的孩子也追随着他们的脚步来到高楼林立的城市，在这里学习、成长，学校一度成为这些农民工孩子们的乐园。随着城中村改造的进行，很多学校面临即将拆迁的窘境。

早在2002年，南昌月兔实验学校就成为南昌首所农民工子弟学校。但如今，它已经被附近楼房拆迁后留下的一片片废墟包围。（左上）

2015年，该学校已经成为南昌市最大的农民工子弟学校。年复一年，共有8000余名农民工孩子在这里圆了他们的读书梦。（左下）

学校一天天老去，斑驳的墙壁见证了无数孩子们的欢乐和梦想。目前，学校所在地块因纳入旧城改造范围，即将搬迁。（右上）

当城市里的孩子们，都在谈论看了什么动画片、玩了什么手机游戏的时候，这里的孩子们，只能在操场上玩一些他们父母小时候玩过的游戏。（右中）

父母为了能将孩子带在身边，都把房子租在学校附近，但他们往往要去到很远的地方工作。学校一旦搬迁，这些孩子们的父母又要重新租房，让原本漂泊的生活更加艰辛。（右下）

也许，这所学校的未来和这些孩子一样，只要在现实的废墟坚持，就能换来最后的重生。从2017年起，被拆迁的玉兔学校已经和位于青山湖区学院路的南昌师范附中合并办学，外来务工人员的子女得以继续就学。（左上）

一生知青

1970年前后，近8000名知青来到这里，开荒垦殖挥洒汗水，燃烧自己的青春。纵使韶华易逝，光阴荏苒，当时的一切都已融进他们的生命，缱绻的情怀伴随他们至今。

1970年前后，上海市静安和黄浦区的各个中学，十六七岁的中学毕业生被一批批地送到鲤鱼洲。最高峰的时期，加上南昌市的知青，一共有近12000人在这里劳动。整个建设兵团都是军事化编制和管理，这些年轻人被下派到各个营、连、排从事农业生产。现在的鲤鱼洲，还保留着一些知青当年居住过的平房。

象征着那个年代风貌的美术作品，也永远地在鲤鱼洲保留了下来。（左）

当时鲤鱼洲面积有近60平方千米，有几十个生产连队在此劳动创业。每个连队有一百多人，而上海人占到了80%以上。每间平房里，要住到六到八个人。有的睡高低床，有的则只能打地铺。（右上）

在已荒废了的食堂里，还可以看到当年写着菜谱的小黑板和打饭的小窗口，只是这里早已不再热闹，只余下一丝丝的悲伤。（右中）

根据1966年的《五七指示》，1969年的5月7日，清华大学江西省鲤鱼洲试验农场创立，后又称清华大学江西分校。许多老教授、老学者也来到了鲤鱼洲劳动锻炼。在鲤鱼洲清华大学江西分校的旧址上，我们还可以看到那个时代独有的特征。（右下）

"在鲤鱼洲的三年多时间，我先后失去两位朋友，他们把生命永远地留在了江西，而我自己也在这里扎了根。"费从鑫，在离开鲤鱼洲后的三十八年时间里，一直在江西从事教育事业，担任人民教师。（左上）

"能吃大米，离城市近，来江西是上海知青最好的去处。我是因为两个哥哥都去了吉林，才有幸来到鲤鱼洲。"孙勇，1970年从上海黄浦区来到了南昌。四年后被南昌师范美术专业录取，现任南昌工程学院教师。（左中）

"我们这些留在南昌的上海知青，几乎都当了老师，因为那个年代想要回城，就只能读师范学校。"余百临，南昌广南学校的物理老师。和孙勇、费从鑫一样，在1970年4月16日坐上了开往南昌的火车。（左下）

当年知青们"双抢"过的百亩良田依然郁郁葱葱，每年都要为南昌市区提供大量的粮食。如果没有当年的开荒创业，这里可能会是另一番场景。（右）

随着1979年最后一批知青返回上海，鲤鱼洲也结束了它的"知青生涯"。在通往鲤鱼洲的路上，当年知青们在长堤上种下的小树苗，如今已长成参天大树。繁茂的枝叶把道路遮盖起来，犹如隧道一般。在隧道的尽头仿佛还能看到，在那个特殊的年代，一群像花儿一样的年轻人来到了鄱阳湖畔，他们将青春、泪水甚至生命，永远地留在了这里。

别让我的大学只是梦

　　对那些考了高分但家境贫寒的孩子来说，大学学费给他们带来的是巨大的压力和无尽的烦恼。如果说，大学是改变他们命运的契机，他们却没有敲开这扇门的勇气。

2015年，李淑萍的父亲因患癌症离开了三姐弟。2016年，完成了高考的李淑萍却没有一丝轻松和喜悦，她的大学之路充满了未知数。（左上）

从7月份开始，李淑萍就在南昌青苑书店的仓库打工，负责打包图书和一些杂物，每个月仅能赚1200元。（左下）

这张照片是李淑萍（左一）小时候和妹妹弟弟唯一的一张合影，在李淑萍两岁时，她母亲就因患癌症离开了人世。（右上）

这几天李淑萍常常和妹妹一起在床上看着中国地图，找找自己将来有可能前往的城市，憧憬着有一天可以走进大学的校门，改变自己的命运。（右中）

在李淑萍的房间里，最多的就是她获得的各种奖状和证书。（右下）

我们第一眼见到涂亲亲是在河堤上。刚刚结束高考的她，打着赤脚和其他村民一起在晾晒自家稻谷。"昨晚刚下了一场暴雨，稻谷都淋湿了，我得赶紧把它们都晒干。"涂亲亲对《凤见》摄影师说。（左）

涂亲亲的父亲在她很小的时候就去世了，她对父亲的印象已经很模糊。母亲改嫁时，把她送到了爷爷奶奶家。小亲亲从那时起便和两位老人相依为命。（右中）

家里的墙上贴满了涂亲亲获得的各种奖状，由于瓦房潮湿，一些奖状都已经模糊不清。涂亲亲的高中是在江西省重点中学——南昌县莲塘一中读的，568分是她的高考成绩。（右下）

除了干田里的活儿外,涂亲亲还要帮着奶奶生火做饭。
"上了大学我能回来的时间就更少了,趁着现在多照顾照顾他们。"（左上）

转眼到了下午,涂亲亲又踏上了去稻田的小路。涂亲亲知道,虽然田里的秧苗一年又一年地成熟,但却换不够她上学的费用。对于未知的坎坷,她不曾放弃,因为她知道自己总有一天会离开这个小村子,踏进大学的校门。（左下）

大山里的摔跤少年

"一个孩子要成为专业运动员,可能性是非常小的,或许是万分之一。我的目标并不是希望孩子都成为专业运动员,而是成为一个健康合格的公民。"在教育资源稀缺的山村里,略显残酷的格斗体育与基础教育之间仿佛没有任何交集。但在江西萍乡的一个山区小学里,有这样一所以摔跤为特色的学校。留守儿童们通过练习摔跤,身体和心智都得到了成长,找到了另一条走出大山的路。

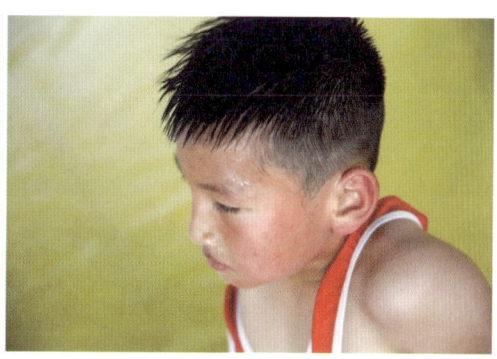

2006年，从江西省摔跤队退役的朱志辉开始担任这所学校的校长，开启了"体育治校"之路。（上一）

每天早上7点，学生们开始练习4分钟的摔跤操。摔跤操是校长朱志辉和体育老师共同琢磨出来的一套普及摔跤动作的课间操，全校学生不论年龄、性别，共同参与其中。（上二）

麻田中心学校的学生有近70％是留守儿童，"这个比例是非常大的，学生的心理问题也比一般的地方学生要多。"朱志辉认为，通过摔跤，孩子们能够变得更积极、更阳光。（上三）

学校会对每个学生进行体能测试，表现优秀的会被挑选出来进入摔跤专业队。每天下午4点到6点，队员们都要训练。（中一）

9岁的彭梓鑫（红衣）是麻田中心学校摔跤专业队32名队员中年龄最小的，二年级的时候被教练选中。（中二）

"摔跤跟打架不一样，摔跤要讲规则，对对手要有礼貌。我最喜欢的训练科目就是打实战，每次我都不想输。"彭梓鑫每次训练都特别刻苦。（中三）

"摔跤相当于给了孩子们另一个机会和另一条出路，特别对于那些非常淘气、成绩又不好的孩子。"朱志辉感叹道。（下）

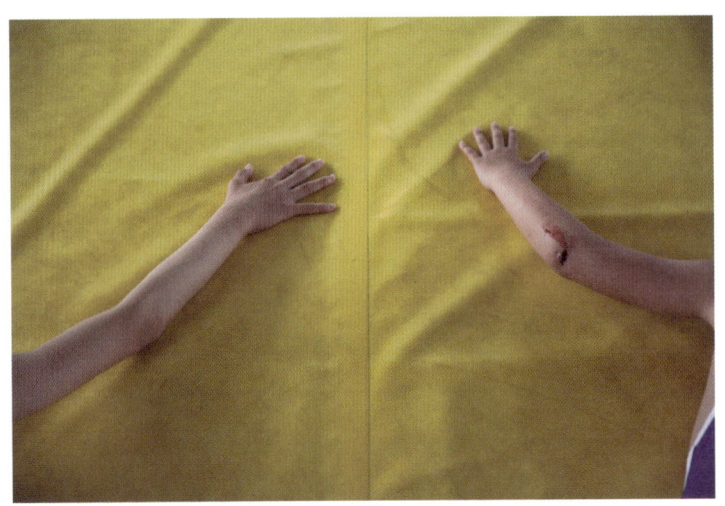

训练时偶尔会有擦伤，常常是在训练结束之后才发现流了血，但这些小伤对大家来说算不得什么。（左上）

目前，这所学校已获得市级、省级、国家级奖牌两百多枚，为江西省队乃至国家队都输送过人才。2008年，麻田中心学校被列为江西省摔跤后备人才训练基地；2011年，被国家体育总局命名为国家级体育传统项目学校；2013年，被国家体育总局评为国家级青少年体育俱乐部。（左下）

大山里的法庭

他们把国徽带到大山深处，几张桌椅板凳就把法庭设立在田间地头。虽然受理的大多是鸡毛蒜皮的小案件，但他们传播的是公平公正的精神，提高的是公民法律意识。

江西省管辖范围最大的法庭——草林人民法庭就坐落在吉安遂川县的山区。最远的乡镇距法庭有近80千米。在法庭里，有一面笑脸墙。法官谢发亮说，这里所有的照片，都是结案后对审判结果感到满意的当事人的笑脸。（左上）

每一次巡回办案，一般配置二至四名工作人员，还要带上国徽、法槌、座位牌等物件。（左下）

一周至少一次的巡回办案，让谢发亮早已习惯走这种小路，手提着国徽也一点儿不影响他的行动。（右上）

一般而言，村里有巡回法庭开庭，法官都会让村干部号召村民来旁听。相比起审理，更重要的是培养基层百姓的法律意识。（右中）

庭审结束后，谢发亮帮老万穿上鞋，还特别叮嘱他，要好好和儿子生活，要保重身体，少喝酒。（右下）

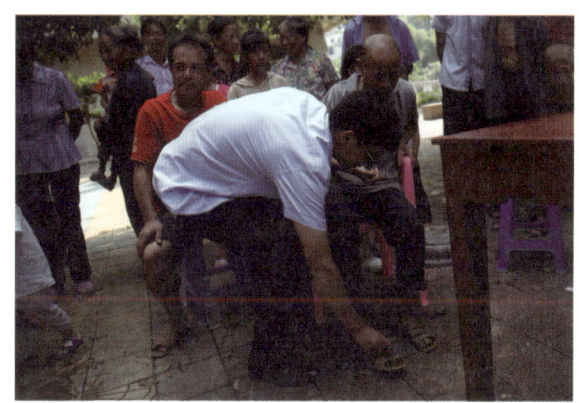

由于天气炎热，书记员小曹的衬衫早已被汗水浸透。小曹说，读书的时候自己还以为法官都是高高在上的，现在才明白，能接地气的、能在老百姓身边的才是好法官。

"福尔摩斯" 日记

不要总认为只有电影里的福尔摩斯才断案如神，在现实中，刑警们用他们的专业和敬业一次次破解着罪案谜团，为我们的幸福生活保驾护航。

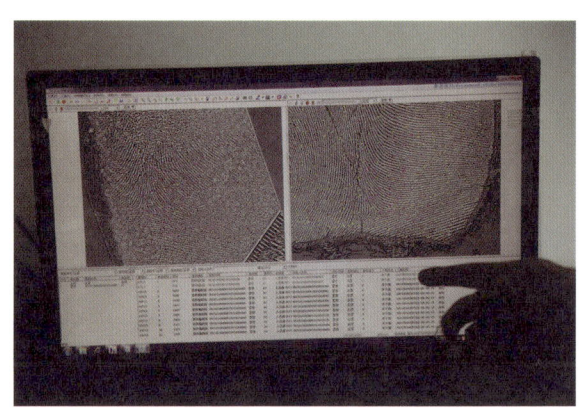

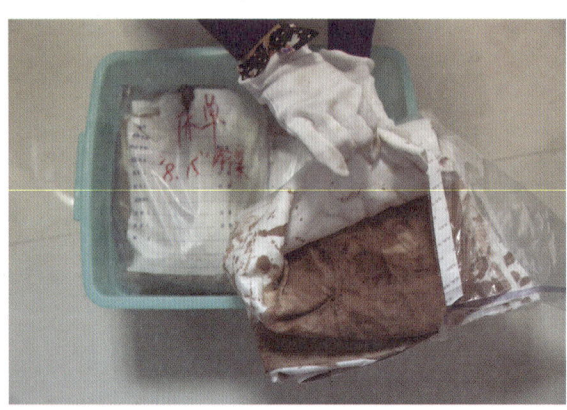

匡宗文，江西省公安厅刑警总队技术处副调研员，从事刑侦技术工作33年，破获大小案件无数。作为全江西最优秀的刑侦技术人员之一，老匡现在的工作以培训年轻人和教学为主。（左上）

掌纹技术和指纹技术一样，都能帮助破案。而与指纹相比，掌纹有更好的特征性，更易进行对比。（左中）

证物袋中的这几块满是鲜血的床单，是一起恶性杀人案的物证。（左下）

一家店铺被盗窃，老匡又带着年轻的刑侦人员出动办案。在勘查后发现，店铺的防盗门有明显的被撬开的痕迹。（右上）

在反复勘查现场之后，老匡否定了窃贼是用木棍撬开店门的假设，于是他又交代年轻的刑警继续勘查周边，看看是否有窃贼遗留的作案工具。（右下）

手套是每个现场勘查人员必备的工具。

每个刑警队都设有自己的证物室，刑警们通过这里的每件证物，还原了其背后的犯罪行为。（右上）

可以用高性能对比显微镜将两个证物进行对比。（右下）

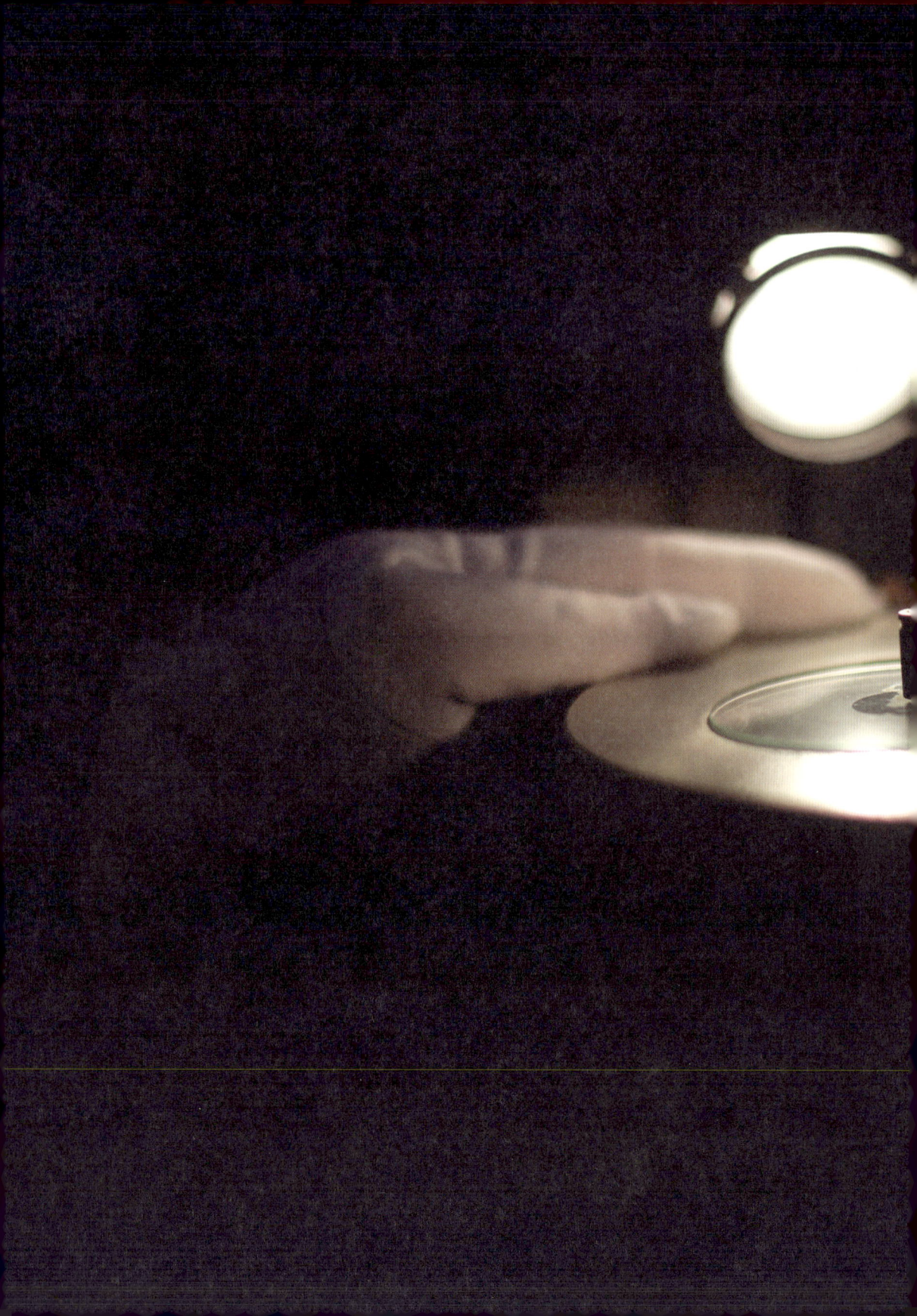

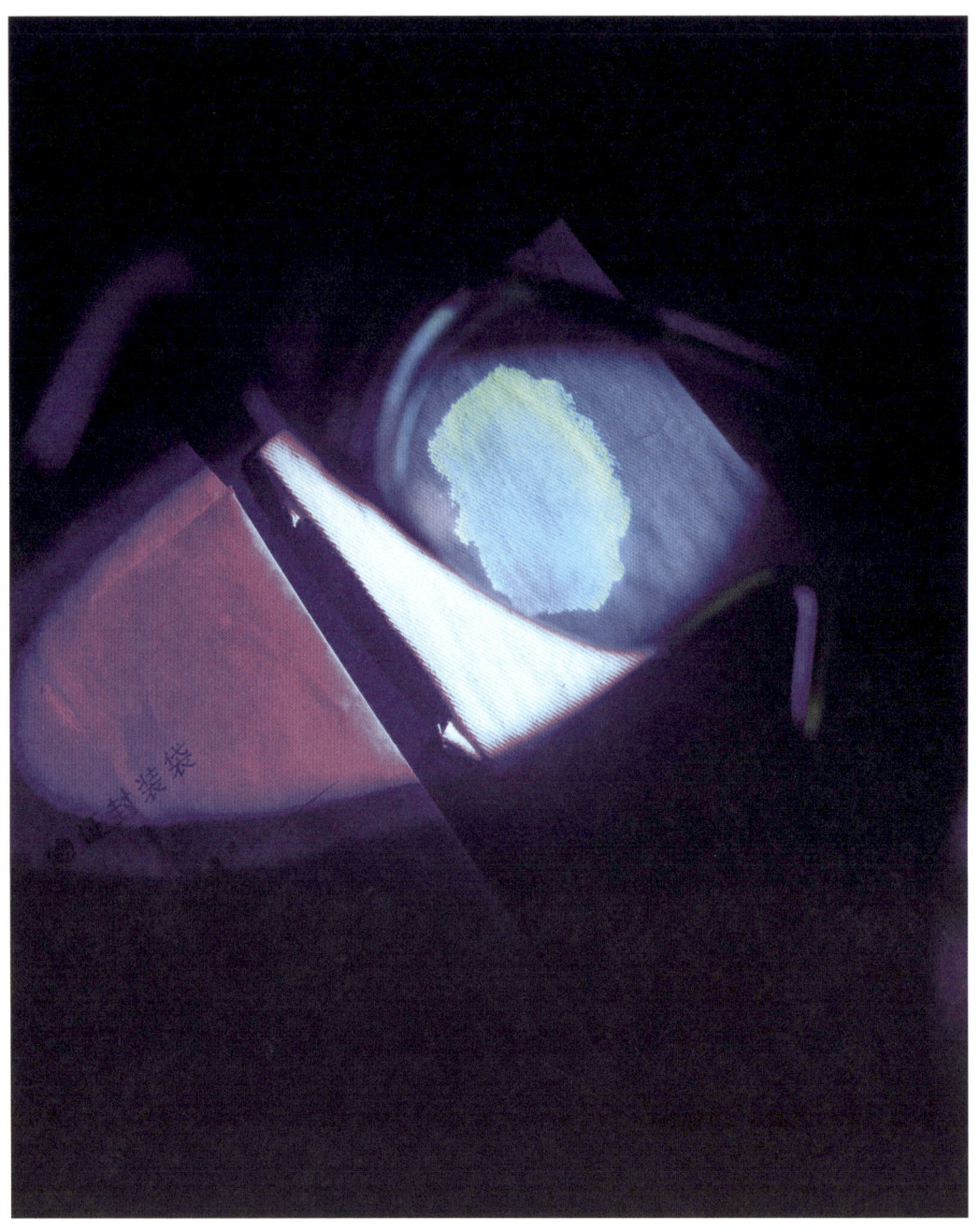

通过某种光源射线的照射，可以显现犯罪嫌疑人在现场遗留下来的体液，从而收集相关信息。

老宅守护者

　　这里，曾经盛极一时，共有26位学子从这个翰林世家走上朝堂。南昌市进贤县桂桥村，这个不为现代人所知的村落，在新时代城镇化的大潮中还没来得及展现它的风采，就已消逝在时间的漩涡之中。十几位在此守护祖宅的老人，就像一个个孤独的守望者，静待着古村的未来……

桂桥村位于南昌市进贤县李渡镇的南面，村子的历史可以追溯到1408年，在清朝雍正和乾隆年间达到了鼎盛。村里一共出过26位大学士。村里的成规模的古建筑从东至西一共有12栋，建筑面积共有5280平方米。有28个天井，大大小小200多个房间和21块牌匾。

为了保护这些渐渐凋零的古宅，桂桥村村长桂季泉，每天上午都会带着村里的老人在村里的"大夫第"里开会，商量一天的工作安排。（左上）

曾有个文化局的干部来航拍桂桥村的板龙灯，他告诉桂季泉一定要保护和整理好这些老祖宗留下来的遗产。（左下）

"我以前住在这间大宅子里的时候，大门上写着'清晖南华'四个字，意思是房子盖在村里的南边。"81岁的桂根滋带着我们来到了他儿时曾经住过的房间，这里已是杂草丛生。（右上）

桂寿根，79岁。在以前没有参加保护小组的时候，他每天的生活就是去镇上卖卖自己种的蔬菜。虽然现在年纪大了，但是家里人很支持他干这件事——毕竟是为了子孙后代。（右中）

像这样的被烧毁无法修复的建筑，只剩下把杂草拔除了之后露出的地基。（右下）

"要让全国的人认识我们村的古建筑，就不能把破破烂烂的样子给人家看呀，所以我们几个老人家都自愿报名了。"桂顺根，72岁，退休前在镇上的酒厂工作。他一边带着我们来到了村里的古井旁，一边对我们说起参加保护小组的原因。（左上）

"我们干这些工作，没有报酬也坚持了三年。其实不仅仅是为了给子孙一个交代，更多的是这些房子里都有我们的回忆。如果它们倒了，坏了，我们自己心里会空荡荡的。"桂顺根说。（左下）

高墙内的青春

厚厚的高墙、大铁门、铁丝网，未成年犯管教所是一个陌生而神秘的地方。关押在此的男生都剃着光头、穿着号服，年龄大多在十四至十八岁。因为犯罪，他们人生中最美好的青春时光将在这里度过。失去自由的同时，他们也将接受教育和改造。

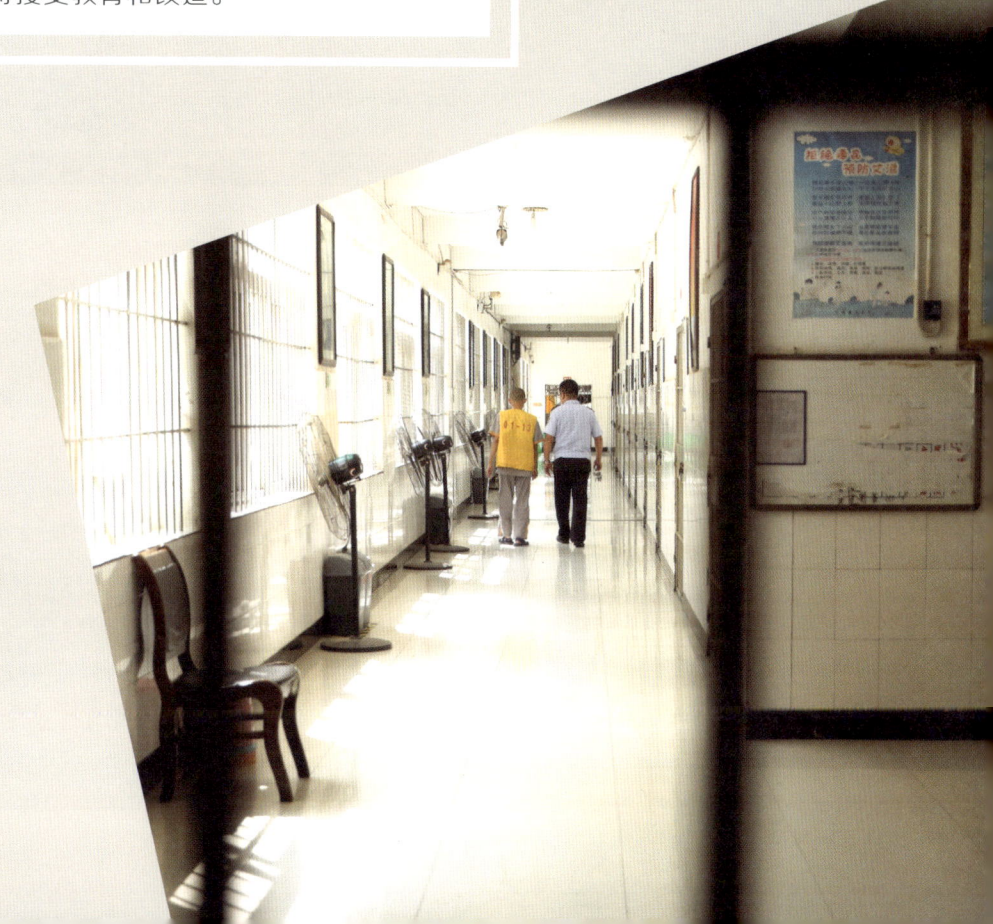

江西省未成年犯管教所（以下简称"未管所"）坐落在南昌新建区的某处，是一个在导航上都无法找到的地方。这里犯人脸上的稚嫩，与他们身上的号服格格不入。国家规定，未成年人都有受教育的权利，而教育，对高墙内的这些未成年犯尤为需要。（左上）

高墙里的警官要有更多的耐心和精力去教导这群特殊的学生，为他们指出正确的人生方向。（左下）

在未管所的教学楼里，挂着一幅美术班学员画的周杰伦素描，亮亮（化名）每次走过这里，都会多看自己的偶像几眼。他说："我一直很喜欢周杰伦，听说他来南昌开过演唱会，特别遗憾没去现场。我会争取减刑，能早点儿出去，看一场他的演唱会。"（右上）

靠着干警的帮助和自己的努力，阿仁（化名）在未管所里悄悄地发生着改变，他获得了1年8个月的减刑。在14岁那年，阿仁因为在街头与人械斗，犯故意杀人罪被判15年刑期。（右中）

在中秋节帮教活动中，阿仁还作为代表在各位妈妈们面前发言，所讲的内容让许多妈妈们都泪流满面。（右下）

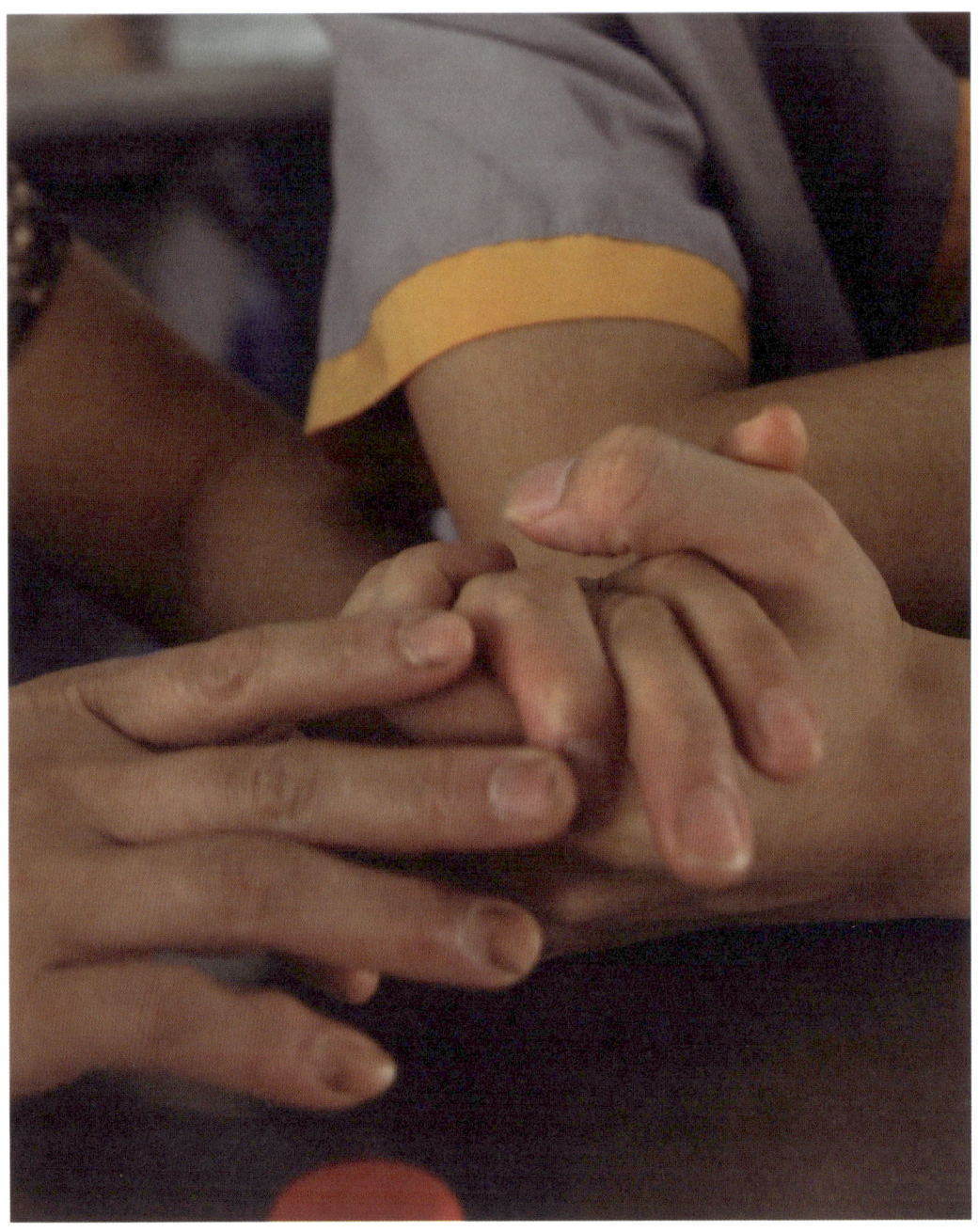

有人说，高墙内外是两个世界，但不管你在哪儿，青春依旧在不停流逝。这里的一切并不代表绝望和残酷，这高墙里的花朵虽然被损伤，但希望的种子却在他们每个人的心里发芽。我们真诚地希望全社会都来关心未成年人的成长，共同做好预防未成年人犯罪工作。

最后的
"九佬十八匠"

他们曾经在我们的生活中曾随处可见，他们不同于"非遗"传人般独一无二，他们大都隐于闹市，如传说一般的存在。我们将带您认识一群传统手艺人，探寻那些即将消失的老手艺。

在南昌带子街的一个筒子楼漆黑的楼道里，被人称为"九指秤王"的王师傅正在赶制一杆传统杆秤。王师傅没有店面，他更像是一位神龙见首不见尾的"大神"，人们只能通过电话预约和他见面。（左上）

刨木、制胚、打磨、包铜管、定刀口、定星位……把一根木棍变成一杆精确的秤有十三道工序，每一步都需要精细的操作。（左下）

在"九指秤王"的筒子楼对面，有一栋破旧的居民楼。楼梯间里有一个传统理发摊，被人称为"剃头佬"的邓师傅正一边悠闲地看着报纸，一边等待顾客。（右上）

邓师傅说，老一辈剃头师傅要具备十六般技艺，包括梳、编、剃、刮、捏、拿、捶、按、掏、剪、剔、染、接、活、舒、补。就连治疗落枕、翻眼、中暑等症的技艺也需样样精通。在旧时，剃头可以说是一种享受。（右中）

一套传统的剃头、修耳、修面工序下来，顿时让客人感觉神清气爽，其中的妙处，只有那些已经习惯老手艺的顾客能懂。（右下）

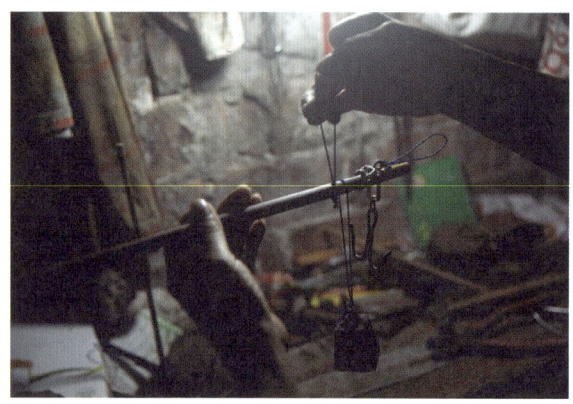

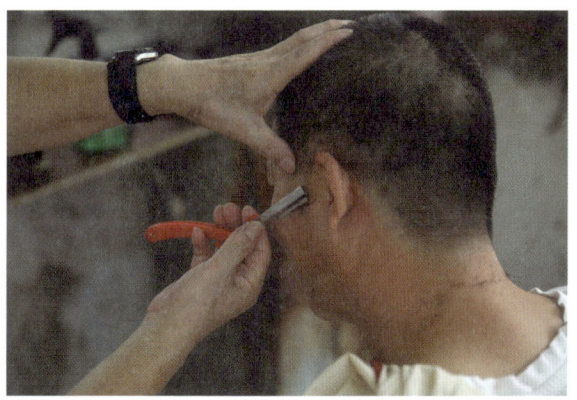

在不足10平方米的店铺里，略微驼背的魏师傅来回忙碌着。店铺的一角是烧铁的土灶，灶门的鼓风机正呼呼地送风。（左上）

魏师傅说，只要铁器出了门就代表自己的手艺和脸面。店铺内每把刀具上都刻着"魏佳生"的印记，这也正是老魏手艺和质量的保证。（左下）

照片中是一座长约4千米的山寨长城。如此工程在山间大型机械不能工作的情况下是如何修建的？答案自然是靠马帮。（左上）

在马帮里，男人要赶马上路，而女人不仅要照顾孩子，还要和男人一起装料上驮。（左下）

小李，1991年出生，虽然年龄不大，可他已经是马帮的帮主，行话称为"马锅头"。（右上）

小李老婆的主要职责是喂马。别小看了喂马，马帮吃饭有规矩，先是为马添料加草，让马先食，然后人才做自己吃的，以示对马的关爱。（右中）

小李的小儿子今年两岁，从小跟着父母在骡马群里长大，耳濡目染马帮的生活，他长大后，自然也会子承父业。（右下）

杨师傅是马帮里出了名的细心人,每天收工
后他都要把马鞍取下来,把粘在上面的骡马
的死皮刮去。(左上)

由于在城市运输中处处都占劣势,马帮这种
古老的行当,在时代的滚滚洪流中已渐渐被
淘汰。(左下)

面包车上的"吉普赛人"

电影中的吉普赛人居无定所，浪漫而洒脱，这种生活成为很多人乌托邦式的梦想。在南昌的街头巷尾，有一群人，来自安徽亳州，以房屋补漏为生，以面包车为家，有艰辛也有欢乐，和吉普赛人一样走到哪里，哪里就是家。

清晨，仿佛一切都还未苏醒，我们便跟随一群人开始工作，他们就是城市补漏者，住在南昌赣江大桥桥洞下的安徽亳州的补漏人。在这个陌生的城市中，找不到属于他们的家。（左上）

安徽亳州人的补漏车，和吉普赛人的大蓬车一样神奇。在这个小小的车身里，不仅要存放他们的工具，还要放置一张床铺，一家人就住在这辆车上。（左中）

一般上午没有找到活儿就意味着今天一天都没生意。这时女人们都会聚在桥洞下聊天。这些补漏人的妻子大多也是来自于安徽亳州，她们的父辈也都是从事着这个行当。（左下）

许多补漏人的孩子从小就跟着父母东奔西走，面包车几乎成为他们童年记忆的全部。（右中）

快到饭点了，大家从面包车里搬下锅碗瓢盆，直接把厨房搭在了路边，开始生火做饭。（右下）

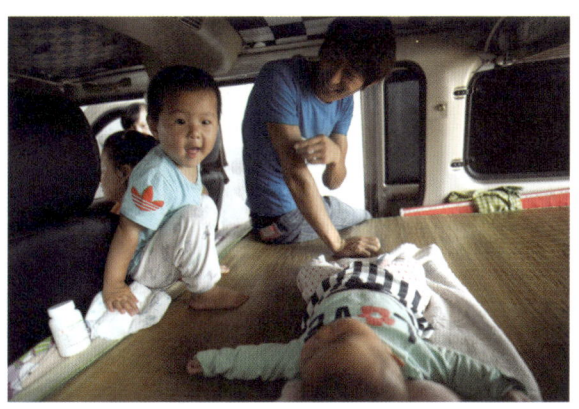

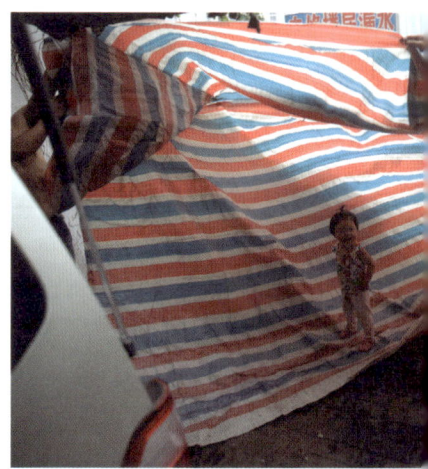

他们一般会在路边支起桌子吃饭，今天正好遇到了同是干这一行的亲戚，所以大家在一起吃晚饭。（上一）

在男人们聊天的时候，女人们开始用简易的彩条布围在车后，做成一个简易的浴室。（上二）

在大家都洗完澡之后，夜幕已经降临，大家把换洗的衣服晾晒在路牌上。（上三）

晚上八点左右，老人就会抱着孙子开始哄着他们睡觉了。（下）

当城市里的人们刚刚开始丰富多彩的夜生活时，补漏人的
面包车已经静静停在了赣江大桥的桥洞下。当一列列京九
线的列车从他们头顶驶过的时候，他们也进入了梦乡。

村里的外籍新娘

在南昌进贤县池溪乡，有二十多位外籍新娘，她们背井离乡远嫁中国，在这里安家落户。池溪派出所还专门成立了南昌首个外国人管理服务站。

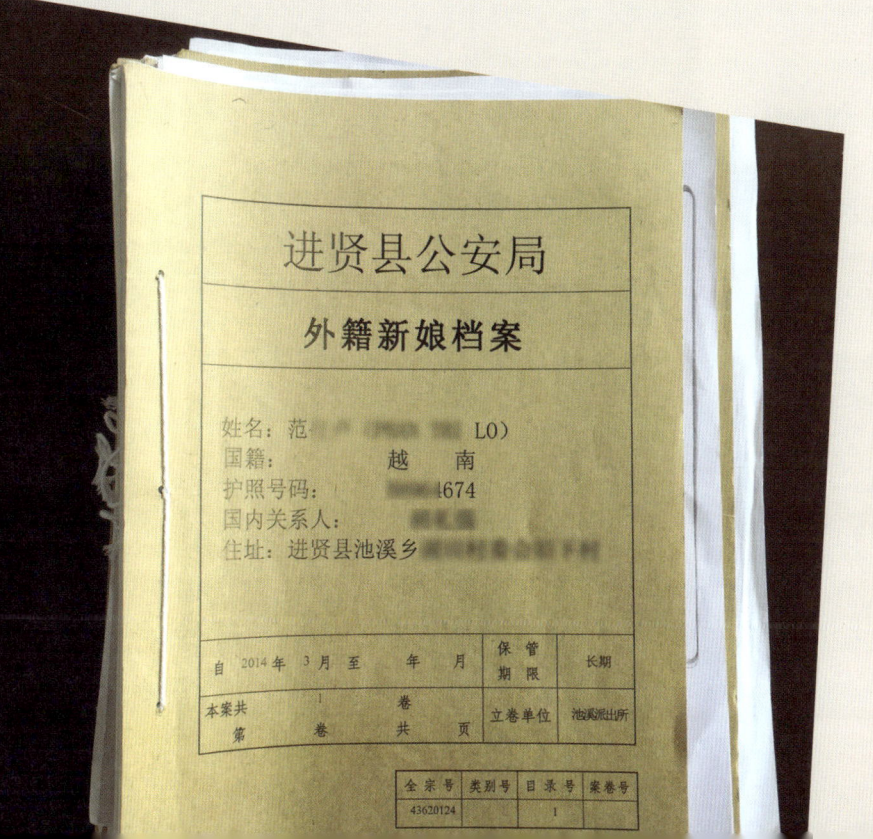

进贤县公安局

外籍新娘档案

姓名：范　　　　（PHAN THI　LO）
国籍：　　越　南
护照号码：　　　　4674
国内关系人：　　　　
住址：进贤县池溪乡　　　村委会　　村

自 2014 年 3 月至　年　月	保管期限	长期

| 本案共 | 1 | 卷 | 立卷单位 | 池溪派出所 |
| 第　卷 | 共　页 | | | |

全宗号	类别号	目录号	案卷号
43620124		1	

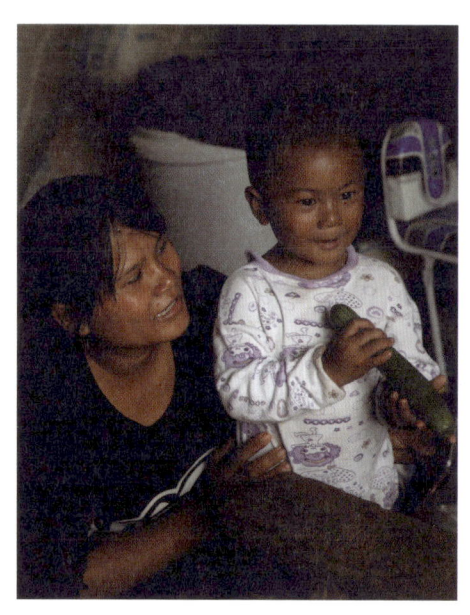

对于蕾吉来说，她的家已经变成了池溪。虽然有些孤独，但丈夫和孩子已经成为她生命中最重要的支柱。（左上）

在农忙的时候，蕾吉要和丈夫一起打理家中的田地，干些农活儿，全家人的收入大部分来源于此。（左中）

刚认识的时候，两个人完全没法交流，都是靠手比画。现在，蕾吉也只能说几句简单的汉语。（左下）

42岁的阿红（化名，右）2010年嫁到池溪，是第一批嫁讨来的越南新娘里的一个。如今，她已经可以说一口带着进贤口音的普通话。（右上）

阿红说，她的哥哥和弟弟都在越南种田。虽然年年都特别想回家，但自从有了孩子，阿红就把心思全放在了子女身上。（右下）

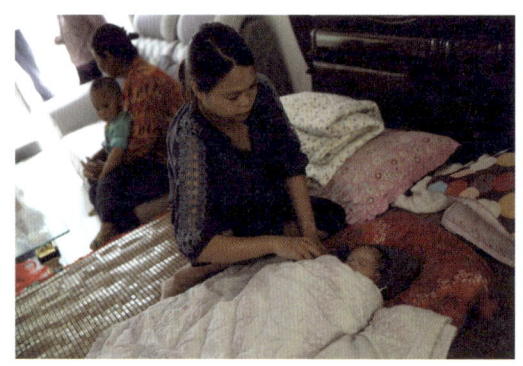

2013年夏天，嫁到池溪附近村子的小姨妈把阿琼带到中国相亲。阿琼觉得男方家的条件还不错，人也很老实，一个月后就嫁到了池溪。（左上）

阿琼说，在中国最不习惯的就是天气。越南的气温常常是40摄氏度左右，刚来南昌的时候，正好是冬天，冷到她根本没法出门。（左下）

单车猎人

共享单车为市民解决了出行"最后1公里"的问题，但因小部分市民的素质和厂商的管理问题，也催生了违规停放、公车私用、恶意破坏等不文明行为。有一群来自各行各业的志愿者，自发并义务地守护共享单车。他们有个帅气的称号——"单车猎人"。

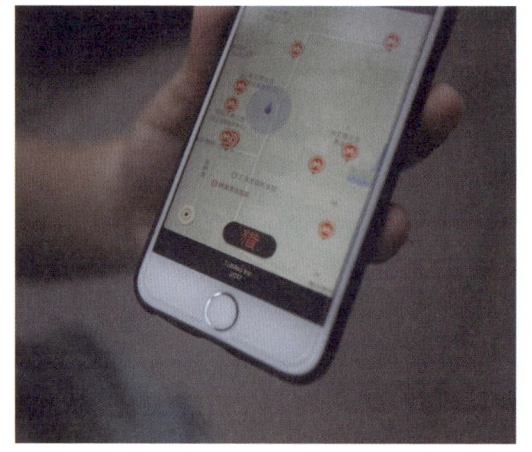

把共享单车从小区、地下停车场，以及各种私藏的地点"解救"出来——"猎人"们将这套流程称为"打猎"。（左上）

一些从事IT行业的"猎人"开发出了免费的"打猎软件"供"猎人"们使用。（左下）

出现最多的是一些违停的情况，比如停在家里、楼道里，这让想使用的人根本没法找到单车。（右上）

许多人把共享单车视为了私人物品，锁在自己家里。"猎人"就需要进行"解救"把这些车辆搬到公共区域（右中）

对于损坏的车牌，"猎人"也会对其进行修补。（右下）

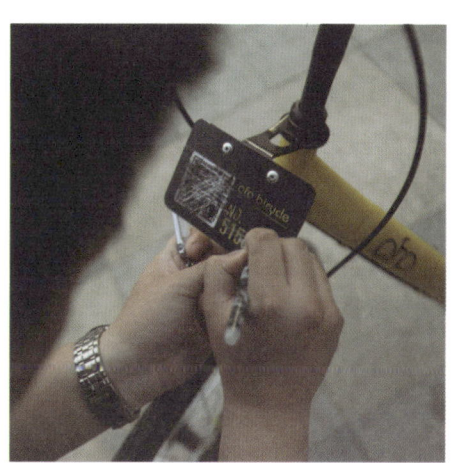

解救楼道里的共享单车是最困难的，单车猎人要一层层去搜索，遇到一辆就带下去一辆。这对"猎人"们的身体素质是一个很大的考验。（左上）

"猎人"们认为：共享单车的乱象，已牵扯到了公共资源和人民素质的问题。"猎人"们希望能通过自己的行动，让所有人养成良好的习惯，让共享单车回归共享。（左下）

2003年11月，电子竞技成为我国的第99个运动项目，2017年，国际奥委会正式承认电竞为体育运动，从此点燃了全民电竞的热情。从12岁的主播小新到20岁的"吃鸡"男孩，每个年轻人正用自己的方式在电子竞技的世界里寻找属于他们自己的人生道路。

游戏人生

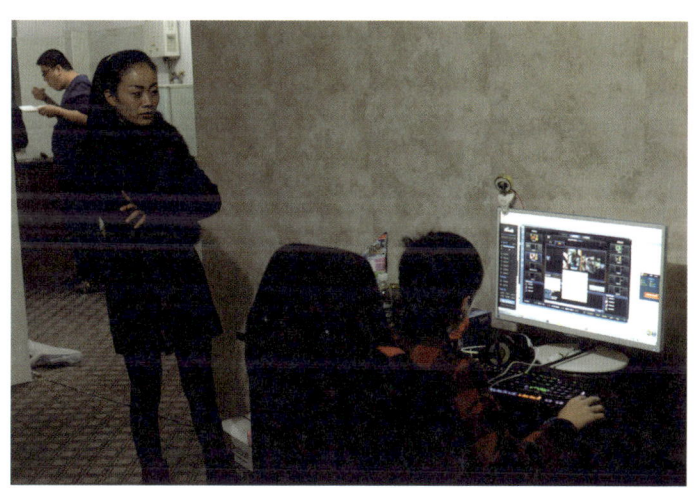

2015年的夏天，网友们慕名涌进直播间，都是为了"围观"一个12岁的玩家——小新。坐在小新身旁的就是工作室的主人罗勇，这对游戏拍档成了当下网游世界中最当红的组合之一。（左上）

小新每天都会利用直播的空闲在工作室吃晚饭。当时的经纪人罗勇不会做饭，所以两个人几乎每天都是吃外卖。（左下）

小新的妈妈告诉我们，小新以前在学校学习成绩就不拔尖，儿子唯一的爱好就是玩游戏。再三考虑之后，这位思想开明的80后妈妈最终支持儿子离开学校。（右上）

小新直播时间是从下午四点开始到深夜，每天结束直播后回到家已经是快天亮了，这个12岁的少年过着日夜颠倒的生活。（右中）

每天20多万人看小新直播，有许多人已成了他的固定粉丝。在线下比赛结束之后，还有女粉丝提出和他合影的要求。从网络到现实，让这个12岁的少年很不习惯，小新只能用淡淡的微笑来应对。（右下）

"电子竞技和玩游戏最大的区别就是，玩游戏开心就好，而电竞关乎输赢，和竞技体育的目标一样是赢得比赛。" 1997年出生的邓逸群是一位前职业电竞选手，2017年冬天，他从北京回到南昌，现在在一间游戏工作室工作。（左上）

邓逸群告诉我们，由于很多时候要和国外选手连线，熬通宵是常有的事。不停地喝可乐是在职业战队时养成的习惯。"退役前，我每天要打十二场训练赛，这种强度，有时候让我累到吐。身心疲惫让我选择了退役。"（左中）

"除了顶级选手，一般的职业电竞选手的收入并不算高。像我这样在甲级处于中游的选手，刚入行一个月才2000元不到的工资。虽然公司提供食宿，但这点儿钱确实太少了。"（左下）

"电竞项目其实和传统体育项目一样，只有极少数的人能站在金字塔顶端，要有天赋、够努力，加上机遇才能登上最高领奖台。"邓逸群说："要成功，就要付出代价，不是么？好在我还年轻，还有时间，还有机会。"（右）

2015年9月，小新的游戏天赋受到"国民老公"王思聪青睐，将其签入魔下的"熊猫TV"，成为游戏实况主播，成为千万网友的关注对象。而仅在两年后，小新由于各种原因直播时间锐减，现在已经几乎淡出了人们的视野。2018年，趁着游戏《绝地求生》的热度，邓逸群还在为进入职业选手而奋斗。而在同年的8月，电子竞技项目已经在雅加达亚运会上正式亮相。

直播女郎

　　魔法少女小孟、童童，这些精灵古怪的ID来自于当下最火热的视频直播平台。她们有着相同的身份——来自南昌的网络女主播。他们的工作是每天在房间里直播唱歌跳舞，甚至是吃东西。这些在网络上聚集了大量粉丝的90后的女孩子们，在浮华背后到底有着怎样的故事呢？

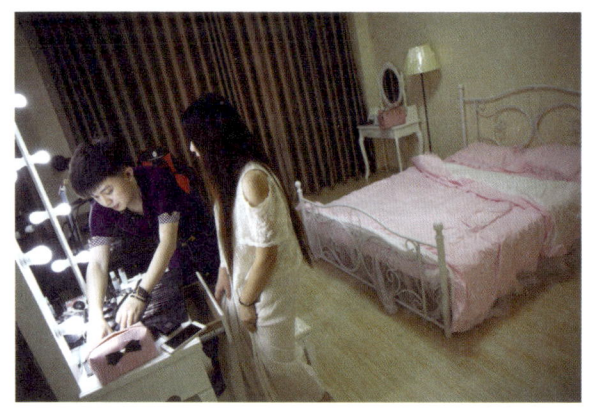

"但凡做直播的女生，除了挣钱之外，都有一个明星梦。网络直播让那些没有机会在舞台上表演的女孩，找到了一个实现自我价值的地方。"（左上）

小孟所在的这间直播工作室才刚刚开张，老板和工作人员都是清一色的90后。在这个工作室里，一共有6个直播间，可以让6个网络女主播同时直播。类似的工作室，在南昌只有两三家。（左中）

小孟的ID叫"魔法少女小孟"，她的直播内容是吃东西，一次直播她吃掉了两个比萨，五盒寿司。正因为有如此大的饭量，才被称为"魔法少女"。（左下）

"每周我只能直播一两次这样的大胃王表演，每天从下午开始上班到凌晨。"小孟说："她的直播间被装饰成女孩的卧室，除了直播之外，小孟还要负责房间的布置等一些杂务。（右下）

小孟说："以前总以为在虚拟世界里一掷千金的都是土豪，但后来才知道他们也都是一些普通人，越是在现实生活中没有存在感的人，越会在虚拟世界里找所谓的尊严。"（右中）

这，就是这些网络女主播的真实生活状态。每个直播女郎在面对网络时，都有机会让自己一夜爆红，在粉丝们的簇拥下，虚拟世界的成了现实世界的安慰剂，然而她们却不知道这突如其来的"幸福"可以维持多久。

告别新闻的日子

他们曾经是编辑、记者，他们的身影常出现在各大新闻发布会、突发事件现场。在与新闻为伴的日子里，燃烧了自己最美好的青春。如今，他们都以创业者的身份出现在各大写字楼里，在离开新闻之后，让自己的人生完成了一次华丽的改变。

人们都说创业离不开家人的支持，正是在丈夫的鼓励和帮助下，申莹莹才下定决心从记者的岗位转型。（左上）

从以前的单打独斗，到现在手下有10多个员工，两年多时间，申莹莹已成了一个小老板。（左下）

"以前，每天都在写稿子、找线索，现在每天则是打包、发货、算账。她坦言，没有想到的是现在的工作一点不比媒体轻松。"（右上）

刚创业的时候，大家心里都没底。为了给姐妹们打气，申莹莹带着团队的女生们拍了一组"女王"照，制成了台历送给客户和代理商。（右中）

对于角色的转换，申莹莹坦言并不容易。（右下）

凌晨时分，申莹莹还在用微信和代理商们沟通，工作似乎才刚开始。

择校而居

　　古有"孟母三迁择邻而居"，今有家长"为子择校而居"。从古至今，子女的教育问题一直是每个家庭的头等大事。很多家长为了孩子能上个好学校，不惜重金购买名校旁边的房子，为的就是孩子能有个良好的学习环境。

2017年3月，南昌"最严房屋限购令"升级，图中比邻站前路小学和南昌一中的小区朝阳新城，虽然在限购范围，但房价涨幅依然巨大。为了孩子可以在家门口就能上名校，家长们使尽浑身解数，扎堆在此购房。

"小时候我家隔壁就有一个小学，但是父母还是坚持让我去了一个离家较远的学校。虽然我要步行20分钟，但因为更好的基础教育才有了现在的我。"在南京完成了研究生学业的李欢，现任教于一所高校。从事教育工作的她，学区房的意识比普通人更强。（左上）

"小区里的那所学校，从硬件到师资，我都不是很满意，我觉得好的教育资源还是会在公立学校。"2011年的时候，李欢的丈夫为了结婚就已经在南昌新建区附近购置了新房。但李欢对于小区里规划的一所私立小学并不满意，为了让孩子受到更好的教育，两口子购入了一套学区房。（左下）

郭晶和丈夫再加上两个孩子，一家四口居住在一间面积40平方米左右的套房里。在此之前，他们住在青山湖边一个临湖小区，那套房屋的面积有100多平方米。（右上）

"这套小房子我买的时候，房价将近16000/平方米，但房子太小我们便买了一张上下铺的床。"郭晶告诉我们，从100多平方米到40多平方米，这两套房屋的价格几乎一样，而导致现在在这套小房子价格如此之贵的原因——与其一墙之隔的就是南昌最好的小学之一的育新小学。（右中、右下）

"选择学区房其实就是选择孩子的成长环境，包括同学和朋友，环境对孩子的成长太重要了。但是买学区房付出的代价也很大啊，像我们这样的普通80后小夫妻，靠自己首付都困难。而这也是许多80后都要面对的问题，在需要大笔开销的时候，还是要啃老。"秦方说，买这个学区房可谓是集全家上下之力。

最后的国企大院

它们都诞生于共和国的"一五"期间，其建设模式基本克隆苏联的工业规划布局，厂区、家属区及职工医院、食堂、学校、幼儿园建在一起，组成一个独立的区域，我们把它们统称为老国企大院。

南昌洪都集团前身为南昌洪都机械厂，新中国的第一架飞机就诞生于此。洪都大院建于20世纪50年代初，第一批住宅楼及厂区、家属区规划全部按照苏联专家提供的图纸进行建设。统一规划成当时社会主义国家通用的大院风格，尖顶青砖的房屋，透着一股浓浓苏联风。（左上）

在现在的洪都大院里，计划经济时代的生活方式早已一去不复返，只剩下那些标志性建筑——苏式住宅楼。这些老房子，如今可能有些阴暗、潮湿、破旧，居住在此的大都是第一批入厂的老职工。他们是国企大院里的"活化石"，和这些房子一样，承载了一段段的记忆。（左下）

由于现在的洪都集团属于军工企业，担负着许多国防工业制造的任务，所以在计划经济时代成立的那批国企中，属于效益还不错的企业。那种在计划经济时代，工人们穿着统一的工服，下班时一起涌出工厂大门的场景，如今也只能在洪都大院见到了。（右上）

87岁的熊爷爷和老伴，就住在洪都大院里第一批建成的苏式楼里。老人家20岁不到就来到了当时刚刚成立的洪都机械厂工作。在抗美援朝时期，担任了仓库的组长。（右下）

江纺始建于1953年，1954年4月正式投产，最初名为江西棉纺织印染厂。鼎盛时期，有近万名女工在此生活和工作，她们心灵手巧、勤快能干，是当时很多男青年择偶的最佳对象。（左）

"那时候啊，我们才20出头，常常和洪都搞联谊会，他们男同志多，我们女同志多，许多同事都嫁到洪都去了。"住在江纺大院里的曾奶奶，看着自己住了50多年的老房，说起了年轻时候的美好时光。（右上）

"我们这的房子也是苏联的同志来援建的。最早的一批是三层楼的，每层5家，我们叫这种房子'15家'。"曾奶奶说。（右下）

继续走在江纺大院里，一栋栋老式的建筑仿佛在提醒着你这里当年的辉煌。而在市场经济下，国企福利房的终结，象征着全民福利制度国企大院也渐渐离我们远去。国企大院也成为一个时代的标志。

等你回家过年

在每一个留守儿童心里，春节不仅是一年之中最热闹的节日，更重要的是能与父母团聚。对于他们来说，能和父母围坐在一起吃顿年夜饭，是一个多么简单却又奢侈的愿望……

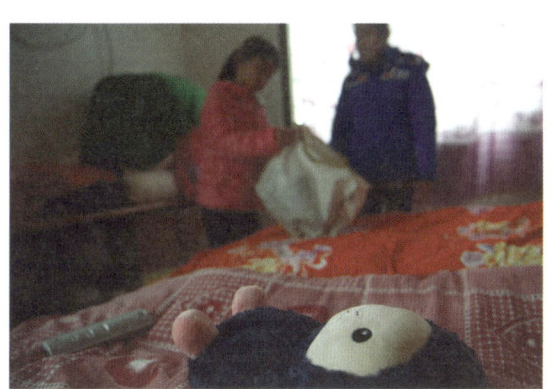

"今年过年，妈妈再也不能回家陪我了。"夏孟婷今年10岁，在她刚满月的时候，她的父母把她托付给爷爷奶奶后去深圳打工。不幸的是，她的母亲去年却因为癌症永远离开了她。（左上）

"以前孩子她妈过年回家，都会带上一个大箱子，里面装满了带给夏孟婷的礼物。而现在……"每每说起这些往事，夏孟婷的奶奶总是泪流满面。（左下）

"去年8月，医生说妈妈快不行了，要回家。爷爷借了一万块钱，在深圳叫了一辆救护车把妈妈送回村里。回家一个星期不到，妈妈就走了。"夏孟婷忧伤地叙述着。（右上）

今年夏天，电视台记者曾经来访，送了个绒布娃娃给夏孟婷，娃娃成了这个孩子最珍惜的玩具。（右下）

两年前，夏孟婷家的房子因为电线短路被大火烧毁，如今已是一片废墟，夏孟婷常常会独自一人来这里，看看以前的家。但她知道，这一切已经回不到从前了。

我们的汉族警察兄弟

2015年是新疆维吾尔自治区成立60岁周年，那一年我们的镜头对准了在宜春居住的穆斯林，为您讲述两个关于"警维"、"警回"的动人故事。

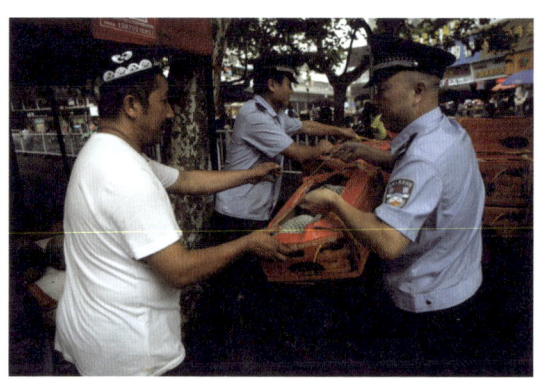

买买提大叔一家来自新疆和田，从2008年开始，他和弟弟就在宜春做新疆土特产生意。说起自己的汉族兄弟肖师华警官，买买提充满了感激之情。（左上）

"从2009年的某一天开始，我发现每天都有警官来我的摊位附近巡逻。"买买提说，由于互相不了解，一开始，他比较警惕，和民警并没有深交。2011年的冬天，宜春突降大雪，买买提的货物滞留长沙。在这个节骨眼上，是这些警察在最短的时间里帮助买买提联系车辆取回货物，为他避免了损失。（左下）

往后，每逢穆斯林的传统节日，被亲切称为光头队长的肖警官，便成了买买提家的座上客。（右上）

买买提大叔说，在他们家乡有这样的传统，主人会亲自抓肉给很好的朋友吃，以示友好。因此，肖警官每次来，买买提都会给他递上烤鸡腿。（右下）

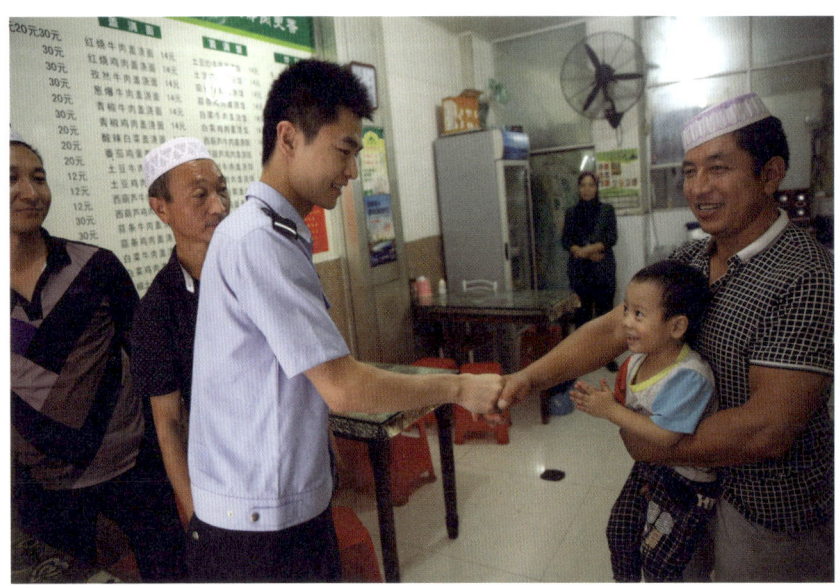

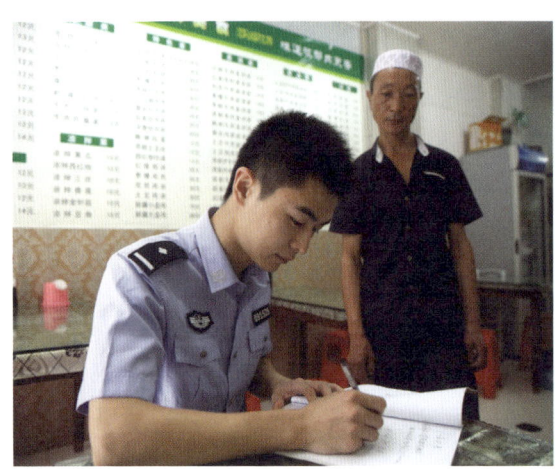

老马已经是三个孩子的父亲，今年是他来宜春的第二十个年头。民警陈海嘉虽然才刚调任辖区，但这个90后的阳光大男孩却让老马十分喜欢。（左上）

小陈说，虽然自己才来一年多，但七年来自己的前辈们一直和老马一家保持着很好的关系。大家像朋友一样互相照顾，虽然都是一些家长里短的小事，但正是这些小事拉近了"警回"间的关系。（左下）

除了老马，他的孩子们也特别喜欢小陈。每次小陈来走访，孩子们就围着这个大哥哥玩。小陈也很耐心，有时候还会教他们画画、写作业。

如今，老马已经把户口迁到了宜春。在这些穆斯林眼中，宜春已经成了他们的第二个故乡。在这个曾经陌生的城市中，汉族警察兄弟的友谊一直守护着他们，让他们在异乡也同样感受到家的温暖。

城市孤岛

在老人的记忆里，这里曾经是南昌繁荣的水道重镇，随着时代的变迁，它已成为一个被人遗忘的"空心岛"。它，就是蛟溪岛，一个与繁华都市仅一江之隔的小岛。

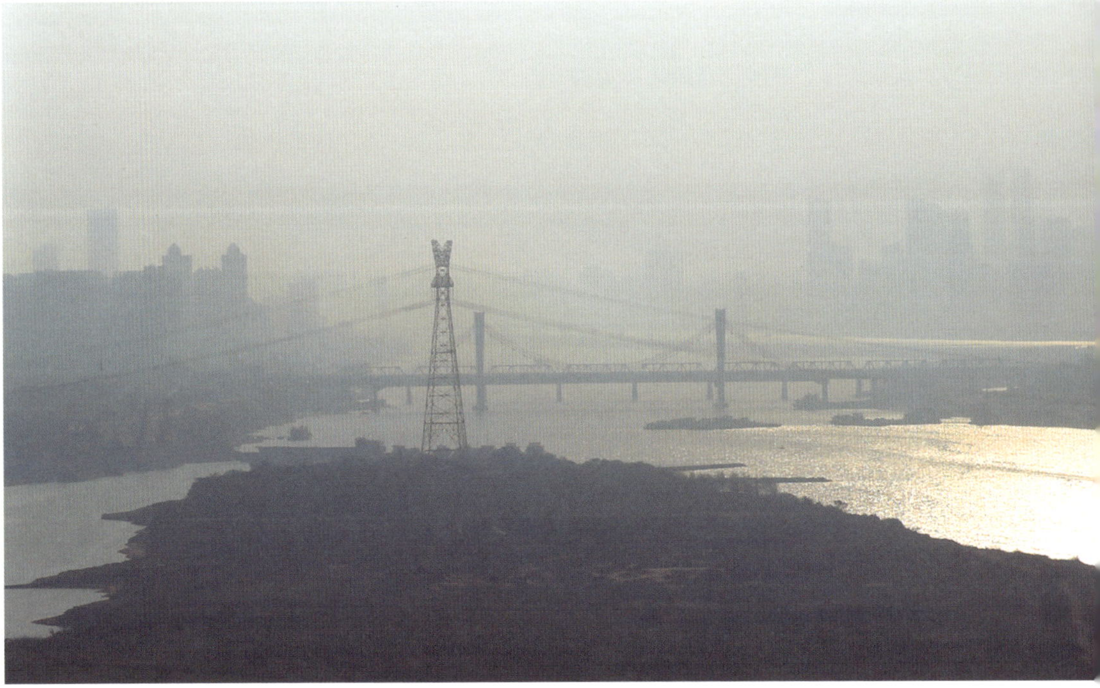

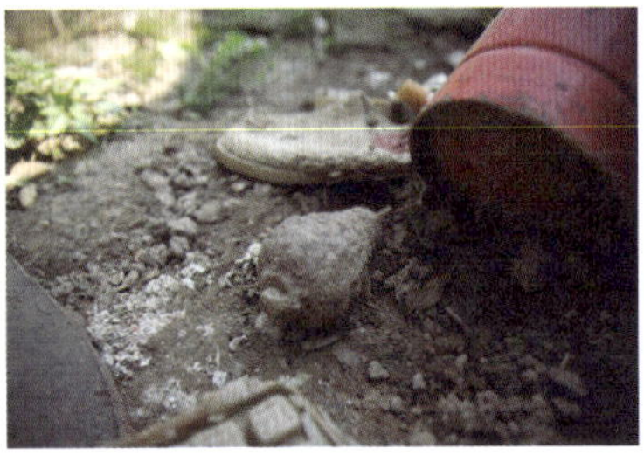

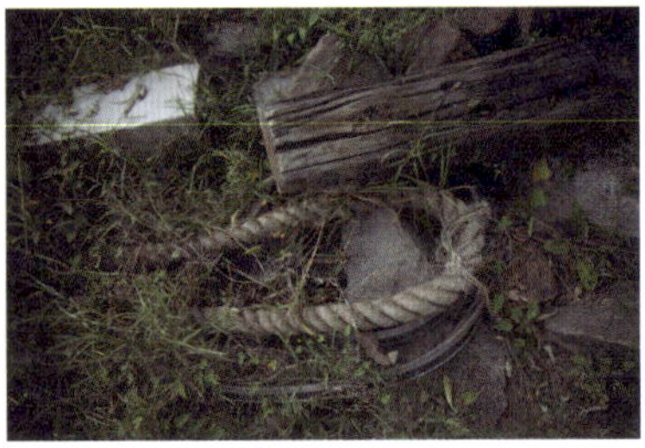

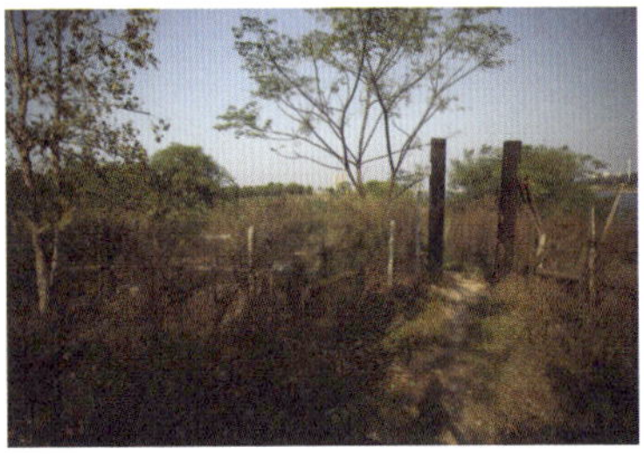

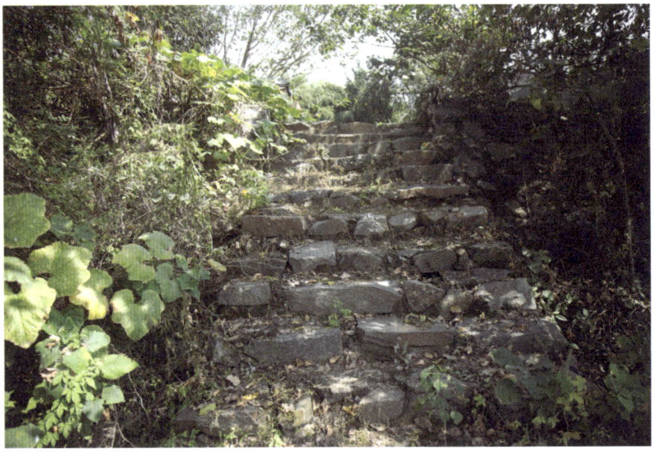

蛟溪村位于青山湖汇入赣江的地方，其实只有三面环江，是赣江中心的一个沙洲。虽然东面与蒋巷接壤，只有一条乡间小道，进出十分不便。几十年来，坐船是进入村子最快最方便的途径，因此蛟溪村也被称为蛟溪岛。（左上）

蛟溪岛的对面是高楼林立青山湖区，城市的繁华与蛟溪岛的荒芜只有一江之隔。（左中一）

村民会轮流给木船刷上油脂，晾晒保养。这种木船不同于现代的铁船，如果保养不好，寿命很短。（左中二）

在岛上，还有十几处用麻石砌成的台阶，这就是当年船只靠岸时的简易码头。蛟溪岛的水运位置绝佳，从长江进出南昌的船只都要经过此地，全国各地的客商都是从这些台阶登上蛟溪岛的。蛟溪岛曾经是"南昌的水上门户"。（左下一）

在码头边上，那些当年使用过的缆绳，也早已和杂草一起腐烂。当年停靠在蛟溪岛的船只都是运载货物的商船，装载着来自全国的特产、布匹等商品。最繁忙的时候，一晚上有几十艘船停靠在这里过夜。（左下二）

到了抗日战争时期，日军占领南昌城，十分看重蛟溪岛，派出重兵把守并建立了据点。直到现在，有些居民回岛上翻新自家房屋时，都会挖出当年日军遗留下来的手雷和炮弹。（右上一）

自从十七年前迁村之后，岛上就几乎没人居住，但所有村民的祖坟都在这里，因此每到清明、冬至的时候，大家都会回到岛上祭奠亲人。这两根木桩，就是通往蛟溪岛坟地的大门。（右上二）

太阳西下，摆渡人借着最后一丝晚霞的光亮把我们送出了蛟溪岛。在这个繁华的城市中，有着摆渡人模糊的身影向着一片漆黑的蛟溪岛上慢慢驶去，他和他的小船连同这个城市孤岛一并消失在夜幕当中。

遇见篁岭

篁岭古村建于明代中叶，距今有500多年历史。因其地多竹，修篁遍野，故名篁岭。每到春天，万亩梯田上的油菜花都会形成一片黄色的花海，组成一幅幅美丽的春日画卷，吸引游客来此踏春赏花。

从2009年开始，一个叫吴向阳的婺源人，不仅改变了篁岭原有的面貌，把这个之前无人问津的小村庄，变成了一个家喻户晓的璀璨明珠。这个婺源人的儿子，让越来越多的人爱上了这个地方。（左一）

"篁岭晒秋"如今已成为景区固定而具标志性节目，每当日出东方，岭头最高处会冉冉升起红灯笼，霎时家家晒架上竹匾云集。随时令变化，竹匾里所晒之物也在不断变换。（左二）

几十年来的每个早晨，这里都是这样的景象，但不同的是，现在居民们再也不用担心作物的收成好坏，只要把自己日常的习俗展示给大家看就可以。在这个小村落里，每个篁岭女从懂事起，就开始学习晒秋，晒秋的习俗养育了她们，现在也改变了她们的生活。（右上）

挂在山崖上的篁岭古村，地无三尺平，数百年来，村民早已习惯用平和的心态与崎岖的地形"交流"。从而在无意间造就了一处中国绝无仅有的"晒秋人家"风情画。篁岭是婺源第一个不以门票获利的深度旅游发展项目，走的是文化产业拉动之路，项目收益通过休闲度假、旅游会展、民俗体验、文化演艺等综合旅游消费来取得。（右下）

如果说，婺源古村是中国古建筑的大观园，篁岭无疑是一朵雅致动人的奇葩。这里每座房屋内都藏匿着最淳朴的名俗。

每盏灯笼、每块门板都见证了这座古村是如何走到世人面前，完成华丽转身的。

在2018年，为了鼓励更多人支持婺源的旅游扶贫，篁岭准备通过全球选拔，招募轮值"村长"。

景德镇的重生

景德镇，一个说了千年也说不厌的城市。陶溪川，这里流淌着近代瓷工业的陶瓷血脉，各种传统时尚与高科技完美交融，"国际范"地演绎着"镇"的复兴。

陶溪川的工业遗产博物馆，曾经是景德镇宇宙瓷厂。静静地躺在博物馆里的老窑炉，从锻火烧窑到讲述历史，它的角色悄悄发生了改变。博物馆里，有一面巨大的照片墙，上面印着许多老瓷工刚入厂时的照片。韶华易逝，照片里的年轻人都已经老去，但他们的陶瓷血脉却永远留在了陶溪川。

这些不再吐着黑烟的大烟囱，如今成为陶溪川的时尚地标。千年的窑火火热燃烧，幻演出的美景让无数人惊呼，成了最有范、最特别的看点。（左上）

园区一共有22栋建筑，只重建了一栋。在改造后，许多厂里的老设施被赋予了新的"生命"。（左下）

1996年出生的马库斯，是个典型的"小鲜肉"。目前在云南学习的他，将在中国进行为期一年的社会实践。在陶溪川，他负责协助布展、为外国艺术家提供帮助等工作。（右上）

"我已经对陶瓷上瘾了，我的生活不能没有陶瓷艺术。用中国话说，来到陶溪川是一件很有缘分的事情。"来自英国的陶瓷艺术家梅森，自从1982年接触陶瓷艺术以来，就再也离不开这个领域。（右中）

来自大洋彼岸的"景漂"还有美国人喇叭（LABAR）。"在景德镇，陶瓷艺术家会被广泛地认可和尊重，这种待遇在美国是没有的。"（右下）

在几百年前，就有跨过远洋来自各地的人们，在景德镇赶集淘货的盛况。如今，纵然人们的生活发生了天翻地覆的变化，但世界各地的人们对景德镇陶瓷的向往却不曾改变。从2017年开始，陶溪川把众多海内外的优秀陶瓷工作者们重新邀请到一年两次的春秋大集上，重新复刻并继承了中国传统的市集文化。（左上）

2017年10月2日至5日，陶溪川春秋大集（秋集）在街区内首次举办，不仅有30所国内外著名艺术院校参与，还邀请到五大洲28国的百名艺术家加盟。国际艺术家、国内外名校生、本地手艺人在此共享一场手工艺和艺术的盛会。（右中）

"我做了40年陶瓷，但我痴迷这里的原因就是可以和来自世界各地的艺术家一起交流。在欧洲，很少有这么多的顾客和同行聚集在某一个地方，这太难得了，我和我的妻子都很喜欢这个地方。" 67岁的职业艺术家Wihelmus来自荷兰，他和妻子一起参加了两次陶溪川大集。（右下一）

"小时候，我告诉父母我要去中国学陶瓷艺术，他们以为我疯了。但现在，我在景德镇做陶瓷，已经让他们为我感到骄傲了。" 32岁的Stan来自刚果金，他是参加今年春秋大集的两位非洲艺术家中的一位。Stan说，色彩丰富的陶瓷是家乡的风格，他的目标不是挣钱，而是希望更多的人喜欢来自非洲的作品。（右下二）

构成整个春秋大集除了来自世界各地的陶瓷艺术家之外，还有许多在幕后默默付出的工作人员。"我在大学的专业是商务日语，后来自学了韩语。这种大集市更是一个大派对，韩国的艺术家甚至都学会了简单的中文，交上了中国的朋友。" 吴昊晨是景德镇本地人，之前在北京工作了十年，后来回到景德镇加入了春秋大集的志愿者团队。（右下三）

现在的陶溪川，完美保存着原版的陶瓷工业遗迹,吸引了来自全世界的艺术家聚集在此。他们在这里生活、交流、创作、分享，在陶溪川里景德镇的陶瓷血脉获得了最美丽的延续。

狗牯脑传奇

一芽一叶，白毫显露；香气高雅，略有花香；泡后速沉，汤色清明。描写的正是中国名茶狗牯脑，我们将带您走进茶乡遂川，揭示这茶叶背后的传奇。

中国遂川位于罗霄山脉南麓支系群山之中，其中狗牯脑山就矗立于汤湖镇。终年云雾缭绕，四时清泉不绝，冬无严寒，夏无酷暑，土壤肥沃，是得天独厚的名茶产地。〔左上〕

而狗牯脑茶之所以闻名天下，在于其独特的制作技术。但此一向为狗牯脑茶发源人梁家秘传，世代相沿，外人不得问津。到了现在，狗牯脑茶第八代传人梁华平依旧传承着最古老的制茶工艺。〔左下〕

直到现在，在每次制茶前，梁师傅都会来到祖屋祭奠祖先。〔右上〕

梁师傅从懂事起就帮着长辈炒茶，出好茶而最关键的秘诀之一，就是要保持最传统的工艺，连烧锅也必须要使用柴火土灶台。〔右中〕

炒茶的过程又叫杀青，技艺高超的大师们都是靠着双手来感知茶叶的微小变化。〔右下〕

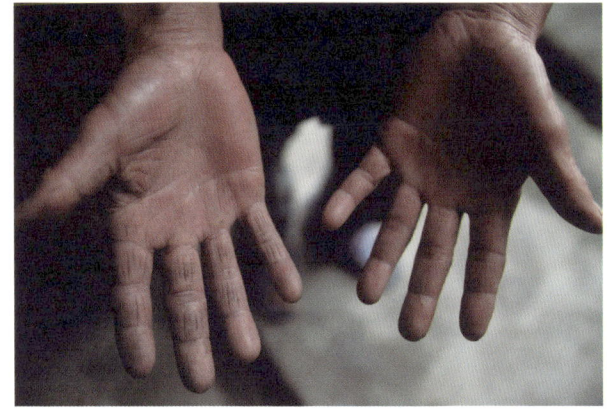

杀青过后，另外一道重要的工序就是揉搓，这也
正是狗牯脑茶叶成卷曲形状的原因。（左上）

由于完全是靠双手感知温度，所以炒茶师的双手
都是饱经沧桑。一百多年来，无数鲜叶都是通过
梁家人的双手变成一片片的好茶。（左下）

探秘金溪书

　　"金溪书"是指浒湾镇的木刻印书，《词源》在"江西省"一篇中和"浒湾"条目下，都有"浒湾男女善于刻字"的记载。所有江西的读本、经书、小说皆由此出。

浒湾圖

金溪县浒湾古镇，于南宋早期形成集市，距今已有上千年历史。在明清时期是我国长江中下游地区重要的通商港口，抚河码头长年停靠各类船只，货船可通过赣江直达长江。（左上）

赣地俗谚"临川才子金溪书"，浒湾古镇中的前书铺街、后书铺街和礼家巷三条相互平行又相通的古街巷正是当时雕版印书的中心。（右上）

古镇的洲头上、下洲尾一带至今仍保存完好的传统古街巷有9条。明清鼎盛时期的60多家刻书作坊全部聚集于此，加上工匠及印书、卖书等从业人员多达3000多人。（左下）

浒湾书铺街所刻印的书籍，以《四书》、《五经》等教育启蒙、科举考试用书、工具书、大型类书等为主。从协盛厂牌圖上的石雕就可以看出当时印书业盛况。（右下一）

在书铺街上保存最完好的堂号应算是旧学山房，它由晚清举人谢甘盘创立，采用前店后厂的布局。从2014年开始，这里变成了中国浒湾印刷博物馆，在这里游客可以通过文字和视频，感受到曾经"纸不到浒湾不齐，书非赣版不放心"的辉煌。（右下二）

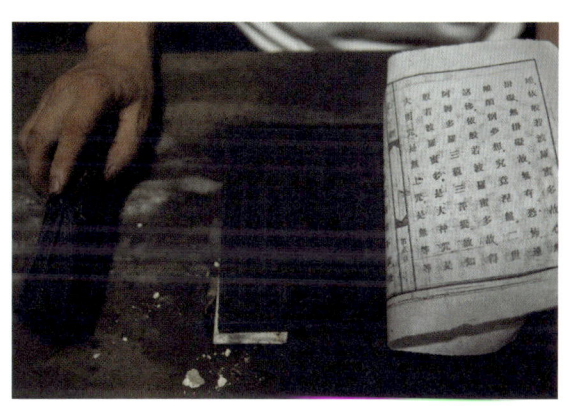

如今在书铺街上唯一还在进行雕版印刷制作的堂号是一家名为忠信堂的作坊。这里的掌门人——78岁的王加泉是金溪雕版印刷手工技艺的第七代传承人。老人家说，自己的手艺全是从祖上传下来的，从唐代开始，忠信堂就从事雕版印刷的技艺。(左上)

如今在书铺街上唯一还在进行雕版印刷制作的堂号是一家名为忠信堂的作坊。这里的掌门人——78岁的王加泉是金溪雕版印刷手工技艺的第七代传承人。老人家说，自己的手艺全是从祖上传下来的，从唐代开始，忠信堂就从事雕版印刷的技艺。(左上)

木刻雕版印刷中最为重要的技艺就是刻板，刻工按字迹墨线精雕细刻，先按笔画划刻，后将空白部分剔除，使墨迹形成约1毫米凸起的阳文反字。(左下)

完成刻板之后，书版平放案上，四角以纸垫稳，以棕帚蘸墨汁涂擦板面，要求"四周到，中间黑"，再铺上印纸，以棕刷抹擦，使印纸匀称着墨，揭下即为正文书页。每刷一张须蘸墨一次，务求字迹清晰，书面干净无多余墨痕。(右上)

在最后的装订程序中，首先"折页"将印好的书页按书口象鼻线对折，使字迹向外（内折便是蝴蝶装）。在封面确定钉眼四个，用丝线往返穿贯，使之牢固订紧。至此一本典型的金溪线装书就制作完成。(右下)

191

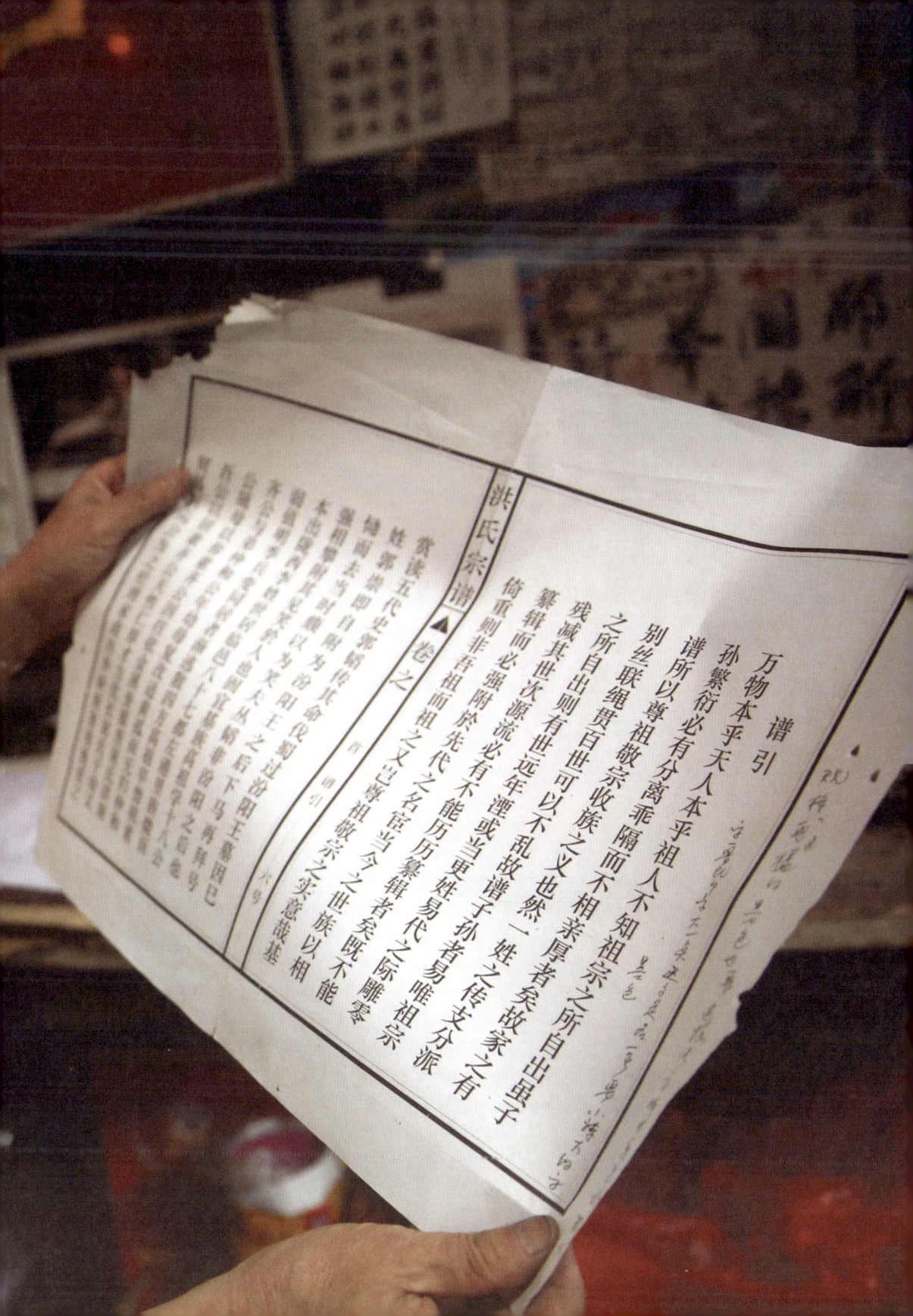

洪氏宗谱

▲卷之一

谱引

万物本乎天人本乎祖

谱所以尊祖敬宗收族之义也然一姓之传支分派

孙繁衍必有分离乖隔而不知祖宗之所自出虽子

别丝联绳贯百世可以不乱故谱之传家之有

之所自出则有世次远年湮或当更姓易代之际祖宗

残减其世次远年可以不乱故谱之义也然一姓之

纂辑者矣既不能

倚重则非吾祖而当附于先代历历纂辑者唯祖宗

姓郭崇即史究略传其

赏读五代史当尊祖敬宗之世族以相

婿而去即自叙祖宗之实意哉基

强相婿祖时雕为治其

本此犹西岭下马再异号

永公即西山之后治阳王墓因巳

最相婿死亦晚以为实夫王之后治阳

台基即犹宫人色从宜附非宜骑下马异号

永公七岁风貌字十八岁

浒湾书坊从业老板多为出身于书香世家的文化人、学者，他们都以刻印书籍传播文化为自己毕生追求。由于掌门人文化素质较高，所以当时刻印的书籍很少有差错，这也是赣版书籍受到欢迎的原因之一。

那些城，那些事

在《凤见》栏目诞生后的三年里，我们除了关注许多身边普通人的故事，还用镜头见证了江西的奋进发展。从香港会展中心举办的赣港经贸周到赣南的大山深处的扶贫故事，在飞速发展的大时代背后，红土地上正上演着一个个难以忘怀的故事。

在2015年的赣港经贸合作活动中，《凤见》栏目也首次入港，记录下不一样的赣港经贸周。东江源到香江，清澈的江水让赣港两地一脉相连。在香港最繁华的 湾仔、铜锣湾等地行驶的双层巴士可以看到"江西风景独好"的广告。据官方数据 显示，近年来，赣港两地经贸、旅游往来活跃。2014年，江西共接待香港来赣入境 旅游59.2万人次，同比增长4.89%，江西赴港签注66.5万人次。（左）

2015赣港经贸合作活动安排在香港的地标性建筑会展中心举办。从维多利亚港看去，会展中心亮起的"江西红"，仿佛是在欢迎来自"红色土地"的江西代表团。在江西省重点产业集群投资合作推介会上，江西与香港企业签下100个总投资额达98.9亿美元的项目，这是5月27日至29日举行的2015赣港经贸合作活动的一项重要内容。推进工业、农业，旅游业和物流业等产业集群与香港进行合作对接。在短短三天的赣港经贸合作活动中江西收获巨大。（右）

每当飞机降落在南昌昌北机场前，乘客们都会通过舷窗看到一片现代、时尚的建筑在赣江畔林立，这就是南昌市的红谷滩新区。从当年的吹沙造地，到现在的金融CBD中心、生态宜居新城。海归创业聚集地，红谷滩新区就像一个女大十八变的姑娘，已经从襁褓中的婴儿成长为风仪玉立的女孩。（左）

"以前的红谷滩哪有街道？全是田地。因为以前有许多的鸿鹄会在这片滩涂上落脚休息，所以按着读音，人们就把这片地叫作红谷滩。" 文忠新和许许多多的老南昌人一样，大半辈子都在老城区生活和长大。今年65岁的文师傅，从南昌度量衡器厂退休之后，在2009年时，和老伴搬到红谷滩新区的凤凰家园，成为了红谷滩新区的一员。（右上）

在红谷滩新区，不仅普通的市民在这里寻找到了舒适的生活状态，还有人寻找到了自己的梦想。2001年，山东人孙超和南昌姑娘周颖在英国伦敦相遇了。2006年为了家庭和刚出生的儿子，孙超从北京来到了妻子的故乡南昌创业。从此，开始了自己追逐梦想的脚步。（右中）

31岁的李昊，在红谷滩新区的一家银行里工作，是典型的金融精英中的一员。五年前，老家在九江的他调到南昌来工作，从老城区的银行柜员做到了片区行长。在经济发展的黄金年代，他和红谷滩新区一起成长。（右下）

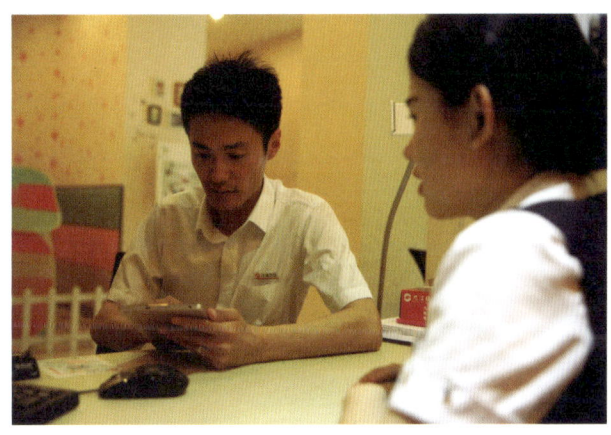

"我对中国制造很有信心，现在南昌经开区生产客车的水平已经和澳大利亚相差无几了。"澳大利亚人JASON是江西凯马百路佳客车有限公司的高级工程师。老家在澳大利亚昆士兰州的他，从事客车相关的工作已经35年了。（左上）

张劭，日本佐贺大学工学博士，材料学方面的顶尖专家。卡耐新能源有限公司的技术领头人。"我在日本待了21年，一直读到博士，又在日本工作，直到结婚定居。2016年来中国加入公司，而我现在最重要的工作之一就是为江铃汽车提供新能源电池。"（左中）

"我们的工作之一就是，帮有创意的人实现自己的梦想，把想法变成产品实物。"90后的山西人郝德亮是洛客科技有限公司的设计总监。曾经风靡一时的"网红杯"——55度杯，就是他们最出名的产品之一。（左下）

有人跨越大洋，从地球的另一端来到这里、有人带着全世界最先进的技术在此生根、有人怀揣着别人的梦想在这里帮其圆梦……这里就是南昌经济技术开发区。越来越多来自世界各地的人才和技术落户经开区，在这座生态与科技结合的新城里谱写自己的奋斗故事。赣江之滨，梅岭山麓，这片产业科技新区正用自己的方式书写一个个崭新的篇章。

赣州，是一座建于西汉初，已有两千多年历史的古城，它屹立于三江之口、千里赣江的源头。倘徉于赣州核心的章贡区，便会有不经意间踩上周敦颐、苏东坡或是辛弃疾等众多先贤脚印的可能，充满人文气息的宋城屐痕触目皆是，感动着每一个生活在这里或来到这里的人。〔左〕

在章贡区赣江街道南市街社区，始建于北宋时期的慈云塔和文庙与社区仅一墙之隔。生活在这座古塔之下的居民们，以前长期居住在老旧小区里。如今，经过改造和升级小区的硬件和配套改，让其重新焕发荣光，谱写一篇古城新传。〔右上〕

这里有蜿蜒起伏的千年城墙，有历尽沧桑的古街古巷。这里的人民曾经历了宋代文明的辉煌，也正在新时期的发展大潮中踏浪前行。〔右下〕

地处湘赣两省分界处的萍乡，由于独特的喀斯特地貌以及缺水的地理环境，使得其也遇到了和众多丘陵地带城市一样的难题——晴时旱、雨时涝。近年来，为了倡导绿色生态经济的发展，"海绵城市"这种全新的城市雨洪管理概念，开始进入人们的视野。（左上）

自2015年4月被确立为全国首批海绵城市建设试点城市以来，萍乡市在市区规划了32.98平方千米的示范区以及一个海绵特色小镇。在萍乡安源区的金螺峰公园里，一大片"城市海绵体"成为新的景观。（左下）

除了在老城区对道路进行海绵化改造，萍乡安源区打造的颇具特色的海绵小镇其规划和设计全部使用了海绵城市的系统。作为全国唯一的海绵小镇，五陂镇的居民们对这座正在建设的小镇充满期待，预计2020年初步建成。（右上）

"宜黄戏有近400年的历史，我们既会唱最古老的剧目，也会唱一些改良过的剧目。小时候天天看着父亲和同事们在台上演戏，觉得剧团里的人就像明星一样。在我19岁那年，就开始跟姐姐和老一辈的老师们学习宜黄戏。"邓淑玲在姐姐和父亲的影响下，也成为宜黄戏的演员。（左）

在宜黄县城的东南面，屹立着一座高山——卓望山。600多年前，居住在山下的人们为了在砍柴时驱赶野兽，渐渐地发展出一种独特的邀伴方式——农民们用镰刀按照"咯咯七咯七咯七"的节奏敲打禾杠，听到信号的农民便会加入队伍结伴而行。就这样，一种宜黄独有的国家级"非遗"——禾杠舞就诞生了。（中）

"村里人都知道北面的谭纶墓，早在明朝万历年间就有了。谭纶作为咱们宜黄的英雄人物，每逢大年初一，村里的人都会去祭拜他。"从小在有着百年历史的二都镇帘前村庄长大的袁明才说，谭纶墓已经成为帘前村的象征。（右上）

"以前年轻人都拼命想出去，现在许多在外打工的人都回来了，有的已经在村里建了新房。咱们这座古老的村子和这房子一样，迎来了全新的未来。"75岁的桂菊如是白槎村的老书记告诉我们，如果说古村的蜕变是"面子"，文化的复苏则是"里子"。正是一位位普通宜黄人"从里到外"经历和故事，才让这座城美得更加动人。（右下）

于都县是国家扶贫开发重点县、罗霄山脉连片特困地区扶贫攻坚县。截至2014年底，于都县有贫困村156个，全县贫困人口达13.55万，贫困发生率达14.97%，居住在边远山区人口3.5万。从2015年开始，于都县根据自身特点，创新了一系列的扶贫方式，将移民、光伏、油茶、电商扶贫等精准扶贫项目投向大山深处。（左上）

从2015年六月开始，于都县最先在大桥移民新村实施光伏扶贫项目，目前全村已有50余户贫困户安装了太阳能板，并且成功并网发电。村民们给我们算了笔账，如果自家用电量不高的话，每个月回输给电网的电费就有近300元，不仅自己用电不要钱，还可以发电卖钱。（中）

电梯房、社区花园、车库还有配套幼儿园，除了大桥移民新村之外，于都县还有好几个这样的"高档住宅小区"，居住在里面的都是从深山里走出来的农民。移民搬迁与工业新区建设相结合的政策，不仅让他们住上了新房，还当上了工业园区的工人。（左下）

以前种地的农民，现在在工业园上班，每个月工资约3500元，搬进了县城后，孩子还享受到了教育福利——在县城的学校上课。（右上）

图书在版编目(CIP)数据

凤见 / 毛宁, 史玉琨编著. — 南昌 : 江西科学技术出版社, 2018.9

ISBN 978-7-5390-6470-3

Ⅰ. ①凤… Ⅱ. ①毛… ②史… Ⅲ. ①新闻 – 作品集 – 中国 – 当代 Ⅳ. ①I253

中国版本图书馆CIP数据核字（2018）第140423号

国际互联网(Internet)地址 :
http://www.jxkjcbs.com
选题序号：**KX2018069**
图书代码：**B18102–101**

凤见		毛宁　史玉琨　编著

出版发行	江西科学技术出版社
社址	南昌市蓼洲街2号附1号
	邮编：330009　电话：(0791)86623491　86639342(传真)
印刷	江西千叶彩印有限公司
经销	各地新华书店
开本	170 mm × 230 mm　1/16
字数	100千字
印张	13.5
版次	2018年9月第1版　2018年9月第1次印刷
书号	ISBN 978-7-5390-6470-3
定价	69.00元

赣版权登字-03-2018-294